一生承教

小思

三聯書店（香港）有限公司

責任編輯　舒非
裝幀設計　陸智昌

書　　名　一生承教
著　　者　小思
出　　版　三聯書店（香港）有限公司
　　　　　香港北角英皇道 499 號北角工業大廈 20 樓
　　　　　JOINT PUBLISHING (H.K.) CO., LTD.
　　　　　20/F., North Point Industrial Building,
　　　　　499 King's Road, North Point, Hong Kong
香港發行　香港聯合書刊物流有限公司
　　　　　香港新界荃灣德士古道 220-248 號 16 樓
印　　刷　美雅印刷製本有限公司
　　　　　香港九龍觀塘榮業街 6 號 4 樓 A 室
版　　次　2007 年 10 月香港第一版第一次印刷
　　　　　2024 年 7 月香港第一版第十次印刷
規　　格　大 32 開（143 × 210mm）264 面
國際書號　ISBN 978-962-04-2656-8

小思和唐君毅老師、師母合影（1972 年）。

右起：小思、平岡武夫教授、唐君毅老師與師母、高美慶 (1973 年，日本京都)。

本書作者

　　小思，原名盧瑋鑾，另有筆名明川、盧颿，原籍廣東番禺，一九三九年香港出生。一九六四年畢業於香港中文大學新亞學院中文系，翌年入羅富國師範學院進修，獲教育文憑。一九七三年赴日本京都大學人文科學研究所研究中國文學。一九八一年，以「中國作家在香港的文藝活動」論文獲得香港大學哲學碩士銜。

　　小思曾任多家中學中文教師，一九七八年任教於香港大學中文系，一九七九年起任教於香港中文大學，現任香港中文大學香港文學研究中心主任。已出版的作品有《路上談》、《承教小記》、《不遷》、《彤雲箋》、《香港文縱》、《日影行》、《豐子愷漫畫選繹》、《香港故事》、《香港家書》、《夜讀閃念》。

試談小思
——以《承教小記》為主（代序）

黃繼持

（一）

　　讀小思的文章令人氣靜神凝。這裡故意不用「氣定神閒」的「閒」字，怕引起類似「閒散」、「閒逸」的聯想。小思的小品與晚明的小品，兩者用心是頗為不同的。她筆名的「思」字下得恰當。幾乎每一篇文章，包括貌若閒逸的寫景之什，都具思理，時還嚴肅得跡近凝重。不過，那思理是從生活實感領悟出來，又歸結到真性常情的，所以能清人神志而悅人心。小思筆名，據説原來想用「夏颸」。炎夏清風，豁人心神，正堪喻其文品。至於「颸」字另一義訓為「疾風」，則踔厲風發，豪放飆舉者，顯然不是小思給人的印象。應該是，風華內斂，潛氣內轉，修養有素而見諸文。她不逞才情而走上藝術之路。

　　在小思，大抵可以説，藝術不能離開性情與思想安然流露的韻

· 9 ·

致。性情與思想，修養工夫主要不在「文中」，正如陸放翁所云：「汝果欲學詩，工夫在詩外。」但性情與思想，是否能夠轉化為藝術，恐怕也要下一定「文中」的工夫。不過，當「文外」「詩外」者化入藝術之中，則原來的性情與思想也就成為藝術的有機成素。談說起來，便不僅僅是揄揚作者人品道德或思想境界，而是談「藝」所不可或缺的一環了。

論小思的散文，或說其文詞清醇雅正，針線緜密，剪裁有度；或說其淡素自然，卻觀之不厭；或說其情理交融，而晶瑩明澈；或甚且稍涉夸飾套用東坡居士評陶靖節語：「質而實綺，癯而實腴。」這都大體上能夠指出其文風貌。然而徒論風貌，畢竟不能盡作者「文心」之全。作品的神理氣味格律聲色，作者的性情生活學問思想，兩者關係，大抵是「不即不離，不一不二」的吧：既不直接等同，也不絕緣孤立。這本是文藝通則，但讀小思這樣的散文作家，更加不可忽略。「文心」之全，便應統攝「文外」「文中」。雖則評文規矩，只能就文論文；文中有人，可觀文知人；卻不能倒轉過來，作出據人評文，以人代文的事體。我們尋繹小思之「思」，也只應在文中尋繹，並不是說把她的思想「還原」，便算品評了她的文章。不過對於探求她的「文心」，大概還會有點幫助。

（二）

作為散文藝術家，小思也許要到《承教小記》一集，才充份顯出她的實力。

當然，早期的《路上談》（指純一出版社《路上談》第一輯）與《豐子愷漫畫選繹》，都寫得好，也多少預示了往後文章的大概風格。但由於這兩輯文章，自己限定在一定範圍內運筆，那「好」也只是一定範圍內的好，而未必與散文藝術的高標準完全相副。例如《路上談》懇摯而不免侷促，《漫畫選繹》穎悟卻不免浮泛。這在選題時便命定如此。

但即使單以此兩輯文章，小思似已可躋身於當年白馬湖畔散文作家之列。二十年代初，夏丏尊、朱自清、朱光潛、豐子愷等在浙江上虞白馬湖畔辦春暉中學，其後又在上海辦立達學園、開明書店。他們未必如別一些新文學者捲入社會運動、時代旋渦的正中，卻以誠摯務實的態度，從事青少年教育與文字工作。散文多以人生小品及說理文章見長。小思在六七十年代之交的香港寫這兩輯文章，她具體的生活經驗，所面對的學生的心態與問題，當然跟四五十年前頗有不同，但文中所表現出的理想目標、價值取向、人生感興，還有教育信念，連帶而來的文風大概，幾乎可以說得上一脈相承。

她寫作既以訴諸學生與青年讀者開始，往後便一直保持那份慎

重與謹嚴得稍帶矜持的文風。這當出自那潛移默化在她性情中的教育工作者的責任感。但她絕對不居高臨下，很多時與其說是教人，不如說是自勉自省。然而，這總不免多少妨礙了現代意義的藝術家才情生命之全幅展開，或社會生活之多方介入。就這方面說來，小思甚有古風。她也就在她自己所選定的格局中，不斷追求，達到這一標格的完美，而成就了「君子之文」。「香遠益清，亭亭正直。」在本地芸芸作家中，她風神挺拔。

（三）

有心的研究者，可以仔細探繹小思從三十歲左右寫的《路上談》到接近四十歲以來寫的《承教小記》，中間演變，移步換形之跡，可以見出一步一個腳印。

粗略一覽。讀《路上談》，讀出作者人生觀的基點。讀《漫畫選繹》，不妨辨別那些是依他，那些是從己；那些略帶玩弄光景，那些確是真知實證。例如比較〈前面好青山，舟人不肯住〉與〈草草杯盤供語笑，昏昏燈火話平生〉兩則，或〈中庭樹老閱人多〉與〈幾人相憶在高樓〉兩則：論文辭之美，畫意之切，後不及前，但後篇更有作者自己面目。又例如〈今夜故人來不來，教人立盡梧桐影〉，女性特徵的敏感突接以「現代主義」的人生體味，在小思文中殊不多見，然而這未嘗不是小思真實的感思。

讀《日影行》，該讀出作者對中國的深情。例如看〈日近長安遠〉：「果真是詩中草木、夢裡江南？……誰會知道，這兒有個傻瓜，竟站在異國的泥土上，去追尋從未見過的鄉土面容。」——寫時在一九七一年。讀者還該從〈一座記恨館〉等篇讀出她對中日現代史的深刻的反思。「文化的中國」之懷想，在《蟬白》一輯中，更是苦澀的。

從一九七四年以來的《七好文集》的篇章中，則可以窺見遊學日本一年的生活，對作者藝術生命成長之重要。且不說更激起中國之思；單看顯明的四季推移，自然風物之美，不再只從詩文臆想，而今即目興情。自然、文化、社會，個體，這幾方面的關係與秩序，不再只是抽象的思理，直是「存在的實感」。小思文章裡面，對此數者的態度取向，類非西方現代主義文藝方式的。大抵她從中國書卷的知解與師長的涵育，在京都東方文化生活中有所印證。自然與人當是和諧的秩序。

不論哪一段時期的作品，我們都可以讀出作者對香港的摯情。她寫出植根於本地生活的作品，卻又未必切入香港這個現代工商業社會的核心；然而她所表現的，又正是於此地想生活得合乎人性人情所不可少的一份清明。

這份清明之思，不是古代幽人之超然世外，而令人想起如她所欽慕的豐子愷之不離世間以出世間。其實，小思文章中，佛教的意味幾乎渺不可見，偶爾談一下禪，也說「本來這個不須尋」。思想上影響她最大的，後來我們從她的〈一塊踏腳石〉、〈承教小記〉

等幾篇情文兼至的佳篇中曉得，是唐君毅先生的以儒家思想為本的道德理想主義。從哲學家的唐君毅到文學家的小思，其間須有過度與藝術的接引。豐子愷及其他散文家，自然更多喚起她的感性思維，擴展生活視野。哲思與藝境渾化在她的文章中。就成長過程看，涵育渾化始於性情，性情感應於生活，展現為思緒。在某些人眼中，她所「思」究不免還「小」。但不論小大，確是真實生命的展現。當然，「真實生命」可以（而且應該）有多種形態。而於小思這種帶儒家情調的文人型，「真誠」之兼為道德綱領與藝術綱領，顯示得更為清晰。

（四）

《承教小記》一集所收，除了一篇寫於一九七三年外，都是一九七八年至八一年的作品。在此之前，她為星島日報《七好文集》欄已寫了三四年。讀者面之擴闊也就促成題材與藝術空間與深度之開拓，不用「說教」而可「自由」抒展。文字風格也見超升，從初期娓娓有致的說理紀事，發展到柔中有剛，外疏內密的近似散文詩的筆調。

賞析《承教小記》途徑不一。讀好的散文集子，如遊蘇州園林，景物構成在有定與不定之間；遊賞路線選取得宜，園冶的匠心便在步移景換中，次第顯現。很希望能夠讀到關於小思此集的「遊

記」多篇。下文卻只匆匆一到，草草攝下幾個零碎鏡頭，無疑是辜負大好芳園的。

（五）

　　從寫景文章說起。這裡指自然景物，加上名勝古跡。景既入文，景即寓情，即情又可悟理。景、情、理之相互映襯生發，傳統詩人文士於此顯其慧心，但魚目混珠之作亦不少。關鍵在於，觀景之人，有無植根於生活的實感。

　　〈不追記那早晨，推窗初見雪……〉，濃麗的美文，卻帶疏宕之意，仿如六朝小賦。八年後寫的〈京都短歌〉，則是清麗的小令，似淡抹而實濃情。前篇寫在京都：「從前讀詩讀詞，實懷疑古人哪裡來許多惜春傷春之意，到如今，才了悟他們並非興感無端。恐怕不是善感，離開香港，令我覺得老得真快。」後篇留下一道啞謎：「且為您，寫下短歌八闋，從此我不再提起京都。」沒有說出何故。不過，京都之旅，使得作者原先得諸文辭，心中憧憬之美，落實為色相，應是無疑的吧！色相所生的實感而來的文章，不論疏密濃淡，注入了作者生命一部分，因而雖淡亦濃。

　　香港的自然景觀，格局當然比京都要小得多。香港看風景，於小思，本就包含在平常生活之中，於是脫落域外驚艷的馳騖之情，還他樸素的靜觀之意，所悟出的道理，卻不比馳情者為輕。〈山景〉

沒有追求詩情，只如單色版畫的線刻之美。然而這樣的句子：「沒有歸鳥的山，只好沉靜等待明天。」超乎畫而到詩境。〈苔〉的一篇，點出那幽賞深意，可惜點得太「破」。不過看苔可以洗心，觀物可以識理。〈山中〉螳螂，有「擋車」之外的悲劇，文似諸子寓言；山中遇雨濕透，文似東坡小品。短章兩則以理趣勝。然而更好是情理都融進生活中，生活裡又沒有遺忘人與自然相關。〈哦！秋風〉便是這樣的一篇好文章。綿密細緻，纖進了好幾層時空不同虛實映照的生活敏感。這是文士的敏感，但這文士的敏感又表現得多麼樸素和「本地化」。〈花訊三則〉，她正就「本地」的角度來看本地的杜鵑、紫荊。而小思的「本地化」，卻正把她區別於本地的一般人，似矛盾而又統一。

〈晚晴〉一篇，題面雖舊而意不陳腐，語不落套。天然與人道諧協交映，很得唐先生《人生之體驗》的神髓。但〈今夜星光燦爛〉說：「我靜靜坐在太空館內，不想外面只爭朝夕的世界。青空如洗，且醉，今夜星光。」作者也許沒有充份意識到筆下帶來的兩重「反諷」。天道與人間失去諧協，卻又躲在人造的星空裡。作者是否真個不看外面的世界呢？大量篇章顯出她對人間的一片溫情，對學生對師長情尤深摯。她只不想「只爭朝夕」的濁世擾攘。然而這點「潔癖」又會不會使她在師生情誼與教育事業之外，有意無意地避免介入許多世情雜務，從而影響到文章題材內容開展不足呢？

「懷舊」的一組文章，也許透露一點消息。她所追憶的是童年時所接觸的物和人。以物為主，「人間相」也作為一種「風景」描繪。

這是一幅幅靜化了的人間小品。說不上畫評之所謂「逸品」，並非超然世外，但又似帶一些道家觀物的情調。「多少過去了的人、事、物，無論好的壞的，對的錯的，美的醜的，都是人的生活一部分，跟我們樂過憂過。」那樂與憂，文章表現的，也是小樂小憂。作者沒有藉以襯托她的生活歷程，倒如古來所謂「以物觀物」。而那些小小「東西」——籐書篋、木屐、白糖糕——都是她童年生活的重要內容，印象明晰入微，不須直寫童心而童心宛在。大件一些的「東西」——東方戲院、英京酒家、鹹魚欄，面臨拆掉或改變的時刻，所喚起的也正是童心所感知的舊貌。這一組「人間風景」因此是兒童眼下的「人間風景」。兒童與大人單純的二分，構成自足的美感世界。以物帶出人，物與人是平等的。愛物而仁人，保持「物相」的純粹感，因而保持對「人間世」的一點童真。這點童真，滲透到小思其他文章中，並不止於懷舊之什。

這點童真，絕不等於無知，而是對人間事物既不淡薄又不激越的一種「溫」情。用她在〈舊和新〉的話說：「驀然回首的滋味，是有點溫馨，又帶點蒼涼。懷舊，迷人的地方，可就在這裡。」她經過了「舊」，如今看的是「燈火闌珊處」。但所繪寫再現的事象，卻也不盡是當年的燈火輝煌。她只愛寫星星燈火。而且還未必談得上「小中見大」——如果所謂「大」是指複雜的社會問題的話。當然在文章的邊緣還會略為觸及的。正如〈逛閒街〉所說：「無意間看到了許多平日不留意的人和事」，但「逛閒街，不該想大問題，繼續向前走吧！」

樂意走的不是鬧市大街。〈巷〉一篇說：「走在像駢四驪六的交通大道中，我竟想起曾見過的小街小巷小胡同，這算不算反叛？」那是「叛歸」於童心之純，「散文小詩」之境，可以流連靜觀的物我和諧的形相。那愛物愛人的人間溫情，也就在舊物的變遷流逝中，表現得多麼深厚。〈杜煥不在〉，南音瞽師逝去，也就如舊物不在。並非貶人為物，實在因為在她文章裡，舊日的世界（與理想的世界）中，物與人，應該是統一的。

但作者的懷舊並非憶夢。她對當前的世界景象，也可以選擇地觀察入微。〈一陣冷氣吹來〉，以她一向的靜觀方式，鮮明地刻劃了一幅人間小景——但那是「今日」的景象。筆調冷峻，只在結末處簡筆一句點明，但文章已經反襯出作者人間之情與理性之思。當然不表示作者態度不介入，或有意保持一段距離。她另外有一篇很有意思的小文，《兩題》中的〈藍玻璃〉。多引幾句：

……藍玻璃一隔，車外，就變得色彩奇異：說是淡藍色的世界？那又不是，分明仍看得清楚窗外景物的原來顏色……

踏出車外，黃澄澄的陽光撲頭撲面罩過來，我不禁驟然吃驚，像給誰一掌推進另一個世界去似的。驚訝的不是陽光太猛，而是——一直自己以為看得清楚的顏色，跟原來的並不一樣。

從此，我怕藍玻璃。

也許，問一句對散文家未必相干的話：是否可以接受「白玻璃」？

（六）

　　說理文仍是小思最為着意的一種體裁，但早已從《路上談》式的娓娓傾說進而為言簡意遠。即物生感，事理相生。卸卻訓誨的意味，筆力更加集中。思理所及，具人生啟悟之拓展。

　　選題有時似僻，有時又不避熟。前者如〈雞仔蛋〉、〈孤雛〉，後者如〈蛾〉、〈蟬〉。核心思想，是對生命之關情，而觸及社會問題與人生實踐方向。僻題悟常道，熟題出新意。角度之善選，觀察之入微，問題之提絜，使得思理的振幅遠遠超過那不足千字的文章。思想有時似帶情意之姿，如說蟬：「牠為了生命延續，必須好好活着。那管是九十年，九十天？」有時客觀冷靜，如說蛾：「蛾，必須學習選擇，分清楚該朝向哪種光。」有時主觀客觀來回交錯，指涉幅度更大，而作者不下論斷，理在言外，如談「雞仔蛋」之被犧牲，「孤雛」之當實驗，便迫人與作者一道深思情感與科學、生命與社會的大問題。

　　對於生命之委屈所表現的同情，寫得最有力的莫過〈盆栽〉一題。也是熟題目，但蘊含的思理與筆力，似不稍遜於龔自珍的名篇〈病梅館記〉。文章可作多層次詮解。也許在其中一層，可以讀出香港青年（乃至香港人）某一方面的悲劇。

　　「觀事之理」與「立身之道」可以是一物之兩面，但後者於人更為切近。作者也並非好為人師。她只企圖在她所承教的好老師，與

她往教的芸芸學生，前後之間，努力當好那中間的環節。她在這一組文章中，身份是「生」與「師」合一的，基調為「反求諸己」。〈夢見生公〉乃自勵，〈勇者〉因見人而內省。還有〈戰鬥格〉一篇，藝術上不算超卓，但內容卻似乎綜括地道出作者的心志：「這種戰鬥，表面沒有耀眼的火光，但積儲的熱，一旦發動起來，會銳不可當。怎樣先自己做好，怎樣弄清楚正確目標，怎樣堅持下去，這正是『戰鬥格』的重要課題。」比起她以前寫的一篇〈一肩擔盡古今愁〉，本篇「詩意」較少，「樂觀」較多，但思理是可以貫通的。詩人與志者表現同一生命情調。

（七）

小思文章，人際之情表現得最盡致的，莫如師生的情誼。固然，懷舊諸篇，有她父母親的側影與情貌，寫得自然而不費力，就其「天倫」之「天」然如此。這種意境也許不需專篇特寫。但寫老師，筆墨卻很濃重，每於死生之際見深情。《七好文集》有幾篇悼師文。《承教小記》三篇寫於唐君毅老師逝世後的文章，且在對逝者的仰思追慕中，展示自己過去的一部分。小思為文向來少談己事，現在也旨在托出老師的化育之恩。寫來不作空泛的欽敬語，而着力寫自己的切身感受。她甚至不用類似「偉大」的字眼，因為空泛的敬語其實是一種褻瀆。她不作正面的具體的描寫；老師之

好，完全從學生所受的影響，所得的「挽救」中烘托出來。老師對生命的啟導與接引，屬於性情的接引與文化的啟導。老師之為人，與老師所寫的書，同樣為受教者所仰視。那是文化宇宙中的心靈映照。

她悼念未能見面的豐子愷先生，表現了同樣性質的欽仰，是生命的契接，同時也是文化的契接。〈瀟灑風神永憶渠〉，通過豐先生的學生對老師的盡心，來寫小思作為讀者的感念。〈師承〉一篇，便直接寫這個學生對老師的崇敬，並點出其師承於豐先生之師承於弘一法師者。小思之於豐子愷，應該算得上「私淑」吧！豐「老師」比諸唐老師，因為是藝術家，遂可以有較多的形象風姿之追摹刻劃。如〈石門灣的水依舊流着〉，具有如斯的喟歎與信念；又如〈小酒杯〉，即物思人，親切中仍是欽仰。生命與文化合一無間。

（八）

小思對中國的感情，也是生命的與文化的合而為一的吧！

當然還有大地河山，還有生活在大地上的人民。還有現代歷史的糾結，還有一時還不易參透的中國之「謎」。小思這一段情懷，二十年來紆迴曲折，恐怕倉猝不易說得分明。此中苦樂隱顯，不可一概泛論。在《承教小記》之前，《日影行》與《蟬白》時期，輪廓是分明的。到《七好文集》時期，既有明朗的〈龍的故事〉，又

有隱晦的〈北天〉與〈朝山〉。《承教小記》中，既有〈若到江南趕上春〉的清朗，也有〈馳過的一瞬，纏綿的永恒〉的幽思，復有〈河的謎〉的複雜。這等情懷，遂賦予她的散文以芬馨異采，也匯通於中國傳統懷鄉去國的情思，但這又確然是從小思的性情氣質，與她生活的時代環境萌發出來的。不管怎樣演繹，這畢竟是身居香港，深受中國文化所孕育，憶想祖國河山人民，所發的極其誠摯的聲音，也是構成散文家的小思的藝術生命重要的一部分。

一九八五年一月初稿

——原刊《香港文學》第三期

目錄

這樣日本

舊時衣冠

承教小記

逝去的春風

——敬悼左舜生老師

半年前的一個星期天，我把先生從午睡中吵醒，坐在那幽雅的書房裡，一談兩個多鐘頭。先生為我細細解說了好幾個近代史的問題，告訴我許多令人欣悅的生活瑣事，我也應許了先生幾件要做的事情。然後，先生說：「如果不太忙，多來這裡坐坐，還有許多事，我會對你說說。可是，要說的日子也不多了……。」然後，先生一身瘦骨把我送到門外。粗心的我，竟全然沒有察覺先生面容的憔悴，話裡的蒼涼。當先生病逝的噩耗傳來時，我才猛然醒覺，那言猶在耳的一別，就是永別。第一陣泛自心頭的後悔是：那天，我怎不回頭多看他一眼？

因為左先生是中國青年黨的領袖，所以許多人說他是個政治家，但他留給我的印象，卻是一個熱愛國家的讀書人，也是一個

關懷青年人的導師。

　　記得三年前，我請先生為我們一群青年人講近代史，他竟毫不猶豫的答允了。是每隔一個星期天一次的。胡菊人、包錯石等友人都在，我也把我的學生叫來，於是，上下三輩人聚在一起。他的親切和輕鬆，使我們聽得很舒服，也很易接受。七十多歲的老先生，從沒有給青年人一種「高高在上」的感覺，反而能像朋友般談得來，那必須具有一種與年紀無關的「真」。這「真」就像一股春風，吹拂着每個和他接觸的青年人，啟迪之力便在不知不覺中萌長了。

　　先生眼看了中國五十多年來的凌亂，可是，對中國前途的樂觀和對民族的信心，卻堅定得使我們吃驚。當談到國家破析，國族多難的時候，我們都覺得無可奈何，十分灰心，但先生不止一次告訴我們：「不必怕，能回去的日子一定會來的。你們必須努力，多讀點書，修養自己，那時的國家，實在需要你們的力量。那日子一定會來的——我可能等不及了，可是，你們卻必定等得到。」如今他果真等不及了，但願我們真的等得到，也願我們多讀點書，努力修養自己。

　　先生的溫雅有禮，正是中國書生的典型。他對任何事情都一派慎重，待任何人都彬彬有禮，這更是我們敬佩的。每次我到鑽石山惠和園去看他，他總會問及許多他認識的人的近況，那種殷殷之情，就夠使我感動。在凹凸不平，擠得滿是人車的聯誼路上，我總走得很慢，老是跟不上走在前頭、扶了手杖、健步如飛的長袍身影。先生總會頻頻回頭說：「小心點，慢慢來。路好難走啊！」

是的，老師，路好難走，但我們會小心地，慢慢把該走的路走完。

　　春風已逝，竟等不及那個他堅信會來的日子！

一九六九年十一月七日

附記：左先生逝於一九六九年十月十六日。

悼莫儉溥校長

一位教育工作者逝世了！

靈堂上掛滿輓聯。有人嗟歎朋輩似晨星，有人稱讚他傳宏孔孟學術。作為學生的我，沒想過寫輓聯，但讓我在這裡，記述一下小學時代所得過的幸福和知識，來表示我的悼念和敬意。

敦梅學校的校訓是「仁義禮智信誠」；校長為學生而作的校訓歌：「仁為心德，人之定則⋯⋯」至今我仍能背誦出來。校長窮一生之力都在宣揚孔教，但，在這篇文字裡，我不想提及那些，以免引起年青一輩誤會，以為校長是個迂腐的老頑固。

小學時代，那該是很久很久以前的事了，沒有什麼新式教學法，沒有要命的升中試，小學生輕輕鬆鬆的唸書，可是，學到的東西，卻比現在的學生不知多幾倍。那時候，小學生不懂什麼同義詞相反詞，配詞看圖作文。但懂得全中國的分省地理概況，懂得中國

自古至今的歷史概略，明白許多社會和科學基本常識，能夠起承轉合的寫出一篇通順文章。自從微跛而嚴謹的老校長去世後，年輕校長繼任，就帶給我們更多知識和活動，讓我們比別的小學生學得更多，玩得更多。

那時候，學校生活不像今天的多姿多彩，小學生只老老實實上課下課，談不上有課外活動，校長卻開始為我們組織歌詠隊，給我們放映科學常識的電影，還有旅行，辯論會，小圖書館……。在小孩子心中，撒下德智體群美的種子，他和老師們是踏實地教。雖然，我們同學中，大概沒有幾個因此便成為歌唱家，辯論家，但在當時來說，的確開展了心眼。

不過，給我印象最深的，該算他編訂的補充國文讀物。課本注重的是文言文，補充的是白話文。五六年級罷，我們已經知道巴金、茅盾、冰心、朱自清、魯迅、蕭紅。到如今，我還記得第一次讀到魯迅〈秋夜〉的奇異心境，讀蕭紅《呼蘭河傳》裡節錄出來，描述東北黃昏「火燒雲」的好奇聯想。

紀念文字裡總提他晚年事業，這不算公平，我願別人也知道他壯年時候的幹勁！

一九七四年八月十六日

悼曾履川老師

「廿年庠序蕭寥感。萬里家山惻愴心。」

有一年，秋風燈影下老詩人寫着蒼涼的詩。

老師：也許，您是不該教書的，尤其是教詩。記得您第一次踏上講壇，就說：「沒有情的人不能作詩，不能讀詩。沒有情，學學化無情為有情罷。」我們那時還年輕，只顧抿着嘴笑，其實不大懂您話裡的意思。但以後的四年裡，一首首不成樣子的詩，也終像個樣子了。往往在您筆下改動過的一個字上，我們學懂了「詩」。從風窮酬唱這件您認為得意的事裡，從您毫不計較地印了書給我們，從您為一個肺病早逝的年輕人出版詩集等事情上，我們才慢慢懂得您的話；也懂得您。這樣慢慢；這樣師生都得掏出心來才可以互相了解的學習情況，在一天比一天講求效率和人際疏離的世界上，是不再容易辦得到了。

蕭寥感！那恐怕不單是您一個人的感受。教書的人，都該深深體會得到，什麼滿門桃李，雖然是眼前一片繁花耀目，但終歸也是隨風四散，驀然回首，誰不蕭寥？

老師，記得那年您病倒了，我們雖然還年輕，倒明白一個沒有家人在旁的老人的悲哀，同學輪班看護着您。病床上，您不止一次說：「我想我要死了。……有個孫兒，該很大了。……我遙遠的家裡，有很多很多書，唉！相信都沒有了……」我們不懂得該說些什麼，因為萬里家山的惻愴，絕不是幾個年輕人的傻話，可以消除，只好默默的聽着。

今年，我們是各忙各的，誰都不知道您病倒，消息傳來，您已經去世了。雖然，您教過我們寫祭文、輓聯，但我從沒有想過要為您作那些東西，就讓我這樣說吧！老師：既然，誰不蕭寥，便別把它記掛在心裡。孫子已經長大，您已經見過他；家裡的書還好好的，有人為您保存住，您也見過了，相信惻愴之情，總該褪了，就安心吧！

一九七五年九月二十三日

母校

在堅尼地道上，有一幢古老陰森大屋，裡面應留着我們最青春的痕跡。有時候，很渴想能再站在操場上走廊裡，追檢那早已逝去的年青的夢，這些場面，雖然有點哀傷，其實也帶着濃濃情意。

想起母校——在堅尼地道的金文泰中學，自然想起：那些深褐色舊得發亮的木桌木椅。樓上課室外長長狹狹的小露台。樓下有嚇得女同學叫救命的鬧鬼廁所。操場上兩棵高大白蘭樹開花的日子，我們總愛講樹下埋了許多屍體的恐怖傳說。在小小禮堂裡，我們站着聽演講，排在後面的，還得提起腳跟才看到站在矮台上演講的人。唸上午班時，下課鈴聲一響，便要趕緊走出校門，好讓下午班同學進去上課。唸下午班時，如果早了點回校，就要站在太陽下，或風中雨中等進校門。我們沒有多一點兒空間可以走動，小息時也只好在課室裡團團轉。也許，現正在新校舍唸書的同學，沒法子想

像那種古老侷促情況。不過，說實話，我們也沒埋怨過侷促或簡陋，因為，六年來，我們從裡面得到知識，是一個廣闊的天地。

想起母校，自然想起老師。我常對學生說，自己很幸運，唸書以來遇上不少好老師。那時候，還沒流行什麼新式教學法，也不曾享用過幾種教具，只是有學問的好老師，踏實地教，我們踏實地學。今天我們能在工作崗位上站得起來，也該謝老師給我們扎好根基。當然，我們更忘不了：誰叫我們多穿件衣服才好去運動會場，免得着涼了，誰在星期六下午還肯留下來為我們補聖經課，誰在作業上作細心批改，誰苦口婆心教我們做人道理。也許，老師都忘記曾為學生做過這些好事，但刻記在心的大有人在。

母校金禧紀念，我不懂說什麼善頌善禱的說話。五十年，一百年，原只是個數目，重要的該是她培育出來的兒女，都能堅守着「文行忠信」的做人原則。

讓我在暖暖的回憶中，對母校表示從沒說出來的謝意。

一九七六年三月二日

薪傳略記

傳火於薪，前薪盡而火猶傳於後薪也。薪火相傳之無盡，人只見前薪之盡，不知火傳於後薪，永無盡時。

讀着這段文字，心裡很觸動。想想：一堆柴薪為了供給光和熱，毫不計較地拚命燃燒自己，漸漸成炭成灰。人在旁邊看，總歎息說：「盡了盡了。」誰料得，火，已在燃燒中，由前薪傳到後一堆柴薪去，盡的只是軀體，火卻永無盡時──只要後繼有薪！

我很幸福，自小就遇上許多好老師。由小學到大學，他們像毫無痕跡的，一點一絲影響了我，點檢一下，要細細道來，也不是件容易的事。但，時間並沒使我記憶褪色。從自己當起教師的時候起，面對着學生，老師的面貌音容，反而一天比一天，在腦海裡浮現得更清晰。香港教育制度很容易令人氣餒，有時候，學生的表現

也叫人會一下子頹喪了，我也許會說些賭氣話。可是，只要靜下來，想想老師可能都曾遭到同樣的挫折，而他們竟仍默默地擔承下來，走着一條漫長的道路，氣便平息了，第二天，依舊欣然踏進課室去。

我很幸福，自教書以來，遇上許多好學生。說好，並不是指成績最好，乖乖聽話的那一種。當然，也有成績頂好的，但最重要的該是在感情交流中，我們彼此都承接了對方的影響。

我跟學生的深切認識，並不如想像中那麼順利。有時，我們會鬧意見，鬧得有點大家都不大好過，但我們會盡力找出毛病來，在意見消融後，認識便自然深了一層。

記得初踏教壇那一年，大概有些心怯，對着高大個子的男學生，總板起鐵青臉。學生果然怕得不哼一聲，只是心裡並不服氣。終於，有人要說話了，他在週記裡狠狠的提了意見，認為我不該吝嗇笑容，要學生受苦。還清楚記得讀着週記一剎那的憤怒，甚至責怪學生為什麼只斤斤計較表面的笑容，而不欣賞我傳授的知識。後來，想想自己的老師，也沒誰會板起鐵青臉，憑什麼我會這樣要學生無端受苦？就慢慢用力改過來。到如今，那個男學生已在遠方結婚生子，相信他並不知道當年一篇週記，對我有這樣巨大的影響。

師生間的溝通，許多時候，不會在課室裡找到適當機緣。通過週記、課餘閒聊，收效倒出奇的大。十年來，我讀過無數坦率的週記，嘗試了解、分擔學生的苦和樂。到今天，當聽到學生告訴我，

他們的問題解決了；誰不再恨父親了、誰跟鬧彆扭的妹妹和好了、誰想通了一些人生困惑難題，或者說：「老師，我也要我的學生寫週記呢！很愛讀，也用心修改他們的文字。」我便泛起一種難以描述的愉悅心情。說到課外閒聊，理想的當是一盞清茶，在藍天下草地上，師生對談。忘不了自己對中國近代史的認識，有多少得自書房窗下、惠和園小徑上、跟左舜生老師的閒聊中。也忘不了學懂多少唐詩宋詞，是和莫可非老師在維園草地上的談天中。如今，社會環境不容我帶着學生到處跑，但相信，還有許多學生跟我一樣，忘不了在教員休息室外邊，那兩張綠色籐椅上，我們談到黃昏才散的情況。

學生離開學校以後，各忙各的，有些更到外國去了，見面時候不多，只是偶然街上巧遇、一個電話、一封短簡，都充滿了殷殷情意。

我看見老師坐在搖椅上，斜陽照着病弱身軀，晚風吹動了絲絲白髮。我清楚知道：明天，要更用心講授我的課、更關心我的學生，因為火正燃燒着我，這種使命，承擔了，便義無反悔。

一九七七年九月

完成了就走

　　把鼻子緊貼在冰冷的玻璃窗上，通過呵成的水氣看朦朧的九龍燈光，聽着海上輪船汽笛的齊鳴，想着廣東高僧虛雲和尚的故事，我沉默地送走一九七七年。

　　看李素女士的《燕京舊夢》她提到一九六四年錢穆先生的一篇演講詞，她說：

　　賓師那篇三四千字的演講詞裡，還有幾句極精警的話，我覺得有一錄的必要。他先說到廣東高僧虛雲，活到七十八高齡之後，仍篳路藍縷，到別處去創新寺，完成了就走，再到別處又建新寺。就這樣千辛萬苦，每到一處都建新寺，接接連連創建了無數新寺，而虛雲和尚也精神不衰，活到百多歲。然後賓師說出自己的心得：「我常想：人應該不斷有新刺激，才會不斷有新精力使他不斷走上新道路，能再創造新生命。若使虛雲和尚興建了一寺，徒子徒孫

環繞着，呆在寺裡作方丈，說不定他會在安逸中快走進老境。當然，我此處之所謂老，更在指精神言，不重在指身體言。」

建一所新寺，完成了就走！這是何等襟懷！一磚一瓦，堆疊起來，已經不等閒，更何況，不可量的精神，心血、時間，誰不珍惜自己生命的光輝？從前，聽人家說僧人不三宿桑下，已覺得這種情懷很特別，但現在想想，桑不是僧人手植，既無關係，不戀何妨？新寺卻不同了，從無到有，可能無數轉折艱辛，等到殿閣層層，又是眾人矚目，能一撒手便走，這種毫不執着的執着，簡直令人驚訝。

完成了就走，豈不是一無所得？絕不。虛雲和尚沒有斤斤於求有所得的結果，卻就得到最多最全，這不是不肯撒手的人能了解的。如果說他走得太快是無情，那也不對，他只是「忘情」罷了！

一個鬚眉俱白老僧向漫漫前路走去，背後寺院的磚瓦正閃耀着炫目的光輝，定是一幕很令人觸動的場面。

完成了就走，才有新生命！

一九七八年十二月一日

理想的真世界

—— 新亞教曉我的

回想新亞四年，從各老師言行學到，而自己一生受益的，點滴積儲，真難一一計算。

唐君毅老師教曉我的，歷來已經說了很多，他那種悲天憫人、全身投入的哲者而帶詩化的情操，使我一生服膺那任重道遠的理念。最近有人問起，錢穆老師對我有什麼影響，我一時間無從回答。正因此問，我不禁從頭細想。

我進新亞書院的時候，錢先生已經不開課，我們只能在月會中聽到他的演講，在不同雜誌上讀他的文章。校歌、桂林街創校艱辛往事，也常在月會中聆聽到。農圃道校園內，偶見錢先生灰綢長袍，飄然而過。我受到的是怎樣的精神薰陶呢？現在回想起來，恐怕是瀰漫在校園中不易具體描繪的師生精神、老師心法，都在言行

間滲入心懷。其中以錢先生在 1964 年我們的畢業典禮中所講的話，最深深植根於我思想裡，影響了我許多行為而不自知。

1964 年，是香港中文大學成立的後一年，當時我雖然已是大四學生，也正是中文大學第一屆畢業生，但幾年來，對什麼富爾敦計劃、什麼新亞崇基聯合合併等大事，卻曚昧無知。只記得在一次月會中，錢先生說女兒長大了，還是要嫁出去，唐先生在台下抹眼淚。直到畢業典禮中，錢先生在台上說了一番表面淡然，內裡卻千軍萬馬的話，才猛然知道錢先生在中文大學成立之年，決定辭去校長職位，原來事態嚴重。那篇明志的講詞，令我至今念念不忘。

錢先生講詞中，有兩個重點，其一他說：「人生有兩個世界，一是現實的俗世界，一是理想的真世界。此兩世界該同等重視。我們該在此現實俗世界中，建立起一個理想的真世界。我們都是現世界中之俗人，但亦須同時成為一理想世界中之真人。」錢先生沒有深入解釋理想世界的真人該如何如何，但跟着舉自己所懼為例，就說明了一切。他說身當校長，「處得久了，得意忘形，真認為我高出人上，那就非流為小人之歸不可，最多也僅是一俗人，和我理想中所要做的真人並不同。」他認為，人不在意世間虛名，該在俗世事業中，超拔出一「凡屬人類，全是平等」的理想真世界來。其二是他詳舉了虛雲和尚的行事：「在他已躋七十八高齡之後，他每每到了一處，蓽路藍縷，創新一寺。但到此寺興建完成，他卻翩然離去了。如此一處又一處，經他手，不知興建了幾多寺。我在此一節上，十分欣賞他。至少他具有一種為而不有的精神。」

他引此例，也說明了理想真世界中的真人行徑：為而不有，其實也可以說是「捨」的氣概。俗世太多戀戀不捨的牽繫，能「捨」所愛，那非大徹大悟者不能。

眼看世道愈來愈亂，背離正道、似是而非的聲響，變成最強音。我這一說，就會有人批評：什麼是正道？一家之言，不夠自由民主。黑白是非，誰定標準？年輕一輩，也聽信所言，深以為行為準則。有心人觸目驚心，卻又一時難辯。現實俗世已紛亂無比，理想真世界愈行愈遠，我難免驚惶軟弱。近日重讀《新亞學規》，恍然明白老師所設想，是為人類長遠幸福計。裡面所列，看似凌空高調，深思則在俗世之外，理想真世界的應有條件。細看條目，完全適合今天的社會需要。例如：「於博通的知識上再就自己才性所近作專門之進修。你須先求為一通人，再求成為一專家。」「課程學分是死的、分裂的，師長人格是活的、完整的。你應該轉移自己目光，不要儘注意一門門的課程，應該先注意一個個師長。」「健全的生活應該包括勞作的興趣與藝術的修養。」這就是「人之尊、心之靈，廣大出胸襟」。

幾十年前承教於新亞，原來教曉了我許多大道理。師道精神，雖不能至，心自嚮往。新亞精神，不是新亞獨有，是屬於人類社會的。

二〇〇六年十月七日

另一種印象

　　想起錢賓四先生，永遠記得的是一臉神采飛揚，九十多歲，還是那麼神采飛揚。只是，去年四月，他留給我另一種深刻印象。

　　去年四月末梢，我到台北去開研討會。啟程前一夜，在銅鑼灣店舖裡，看到剛運來的杭州蓴菜，瓶裝的，飄着柔柔卷曲的綠葉，我想錢先生大概很久沒吃過了，就買了兩瓶。

　　在外雙溪素書樓裡，錢先生坐在靠椅上，失去往日常見的笑容，神情木然，雙目平直望着遠方。師母說，近月來錢先生不大講話，吃得也少，每天就這樣坐着。從前還會聽聽電台新聞廣播，現在也不聽了，偶然由師母轉述一些，也沒多大興趣聽。我知道錢先生剛給女兒錢易去台省親的波折困擾得很，曾經病了，又拒絕進食，現在恐一時還沒康復。

　　我和師母就在他身旁坐着，我們談香港近事，自然也談到大陸

事情了。那時候，天安門廣場正牽人心神，但台灣新聞界的反應並不那麼熱切，我就把香港知道的告訴師母，說着說着，偶一回頭，竟看見錢先生在流淚，嚇得我趕快把話題止住——我並沒有想過錢先生也在聽我們談話。轉換話題，就扯到帶去的兩瓶蕈菜上去。「怕用上防腐劑，最好先用清水浸透才煮湯，……這該是今年春天新生的，很新鮮……」我還未說完，錢先生清亮的聲音響起：「這是我家鄉的名產，是吃的時候了。」清清楚楚，他說了這兩句話，一個小時裡，他就只說了這兩句話。他低下頭來看着瓶子，用手摸摸，又再抬起頭，回復木然神色，雙目平視着遠方。

那是錢先生那天唯一說過的話，想不到也是我聽到他說的最後兩句話。

一九九○年十月十七日

告吾師在天之靈

老師：當臂纏黑紗，站在靈堂之前的時候，並不是我最悲痛的時候。在往後的日子裡，我是痛定思痛，悲定思悲。您當恕我，這種完全為自己的損失而悲的自私。

自從在《人生之體驗》一書，認識了您以後，我逐漸清楚看到一條應走的大路。多少年來，堅守着其中一些原則，衝破了許多困難，也確定了基本的人生態度。這些話，我從沒有向您提過，因為，我想，您早就知道了。但有一句話，近幾年來，一直困在心裡，不敢問您。

老師，從您身上，我學習了堅持原則，待人以愛以恕，熱愛中國文化。但日漸成長，才知道，在香港這個特殊的社會氣候中，要實踐起來，原是萬分艱辛，人家是是非非不分，跟風順勢，您卻堅持原則，在人眼中，便變成個不識時務的大傻瓜！人家只講霸道只愛

自己，您卻談仁道恕，便成了迂腐的儒生。愛中國文化？那也只是個遙遠聲音。面對逆流，那股力，有時會使人對自己正堅持的原則也懷疑起來。我軟弱了，於是，多少次懷疑您是不是真的那麼堅強，想問您：「老師，您軟弱過麼？」

每次，我軟弱的時候，就去看望您，想問您這句話，但，奇怪的卻是：從您的談話中，我會恢復信心，忘了要問的話。兩三年來，一件件事實，更顯示了您的堅強，人說您固執，固執沒有什麼不好，只要擇善。人說您糊塗，糊塗的定義怎樣下？在這人人自命理智的昏暗日子裡。牟宗三老師說您心受傷而死！也許，受傷是事實，死也是事實，但這並不等於軟弱！

您說過：「親愛的人死亡，是你永不能補償的悲痛，這沒有哲學能安慰你，也不必要哲學來安慰你，因為這是你應有的悲痛。……這時是你道德的自我開始真正呈露的時候。你將從此更對於尚生存的親愛的人，表現你更深厚的愛，你將從此更認識你對於人生應盡之責任。」老師，請放心，您的學生願永遠承擔這種悲痛！

一九七八年二月二十四日

附記：唐君毅老師於一九七八年二月二日逝世。

一塊踏腳石

「……在寧靜中，你的思想情緒，在它的自身安所。在寧靜中，你的性靈生活，在默默的生息。在寧靜中，你的精神，在潛移默運，繼續的充實自己。……」一個學生站在偌大而寧靜的禮堂裡，慢慢朗讀上面一段話，幾百人也在默默的聽。

那是個多風的早上，唐君毅老師去世後一個月。

禮堂裡，相信只有我一個人情緒最波動，因為恐怕只有我知道那段話的真正來源——一塊踏腳石！

我的學生，在三月初要負責主持早會，主題是「寧」。我由她們自己去籌備、組織。負責早會文字編寫的同學，從一本青年修養小冊子裡，抄下許多段文字，作為串連整個節目的主幹，拿來給我看，問我好不好。沒說什麼，我同意了。問她知道不知道作者是誰，她說不知道。

那是唐君毅老師《人生之體驗》一書裡的幾段話。就讓他學生的學生朗讀出來吧！是最好的致敬。她們並不知道唐老師是我的老師，也不知道唐老師是誰，竟吸取了他的思想，玄虛一點說，那是一段師教因緣：落實一點說，卻證明了老師那本書，對青年人的確具吸引和影響力。

　　不再說自己當年怎樣受這本書的影響了。當教師以後，面對許多對人生十分迷惘、憤怨的青年，常自苦無能為力，不禁想起這本書。可惜，有段時期斷了版，曾對唐老師提議重印，可是，他卻說：「那是我年輕時，較淺的思想。」言下之意，是不想重印了。但，縱極高的山，也該有個接近平地的登山梯階，能有多少中學生看懂《中國人文精神之發展》、《道德自我之建立》、《中國哲學原論》等巨著？看不懂，就是那麼好的思想，對他們也生不了作用。幸而，在一九七七年，這書終於修訂重版了，宛如吾師臨別人間，為照拂年青人，在登山口重置一塊平穩踏腳石，好使他們上道眺遠。

　　《人生之體驗》，是登山的第一塊踏腳石！

一九七八年三月七日

承教小記

——謹以此段文字追念唐君毅老師

　　我，從沒有在文字上，如此展示自己的過去，裡面包含了許多缺點、軟弱、無知。為了表示對吾師唐君毅先生的追念和敬意，為了讓還不知道唐老師的同學，知道世上曾有這樣的好老師，為了使自己對當下的缺點、軟弱、無知，有不斷的自省能力，我願意敘述三段往事。

　　那年，我只是個初中一學生，一向在家裡，是父母最寵愛的小女兒，但在兩年間，卻面臨了母親急病去世、年老父親的續絃、年青繼母的敵視、父親急病去世、還有各種大小不一的家庭變故。一下子，我覺得全世界的痛楚都集中到身上來。我怨恨上天虐待，分不出皂白的憤怒，使我仇視一切接觸的人。就那樣，獨自躲在一間

幽暗的中間房裡，度過了四年。那屋，原是載滿我童年歡樂的故居，為了戀戀於舊時記憶，忍受分租房客的欺壓，不懂照顧飲食惹來的一身疾病，我似乎愈來愈沉迷那種一半出於自作的悲痛中。

初中三，是多麼危險的一年！如同許多年青人一般，我帶着自以為是、閉塞、憤怒踏入心理變化最大的青年時期。尚幸的是母親為我培養的讀書興趣，一直沒有減退，功課做好後，不是到街上亂逛，就是躲起來看書。那年夏天，是個重要的轉捩點。在偶然機會中，認識了正在新亞書院兼課的莫可非老師。（他是影響我最大的幾位老師之一，可惜，也去世了。）在他指導下，有系統地讀了一些中國文學作品。也是他，送給我一本唐君毅先生的《人生之體驗》——對我來說，一本絕對重要的書。

於是，在燈下，我展讀一段段異於尋常文學作品的文字，同時，也轉入人生道上的另一里程。

我悲哀，他説：「真實的悲哀嗎？他來了，你當放開胸懷迎接他。真實悲哀，洗去你其他的縈思，淨化了你的心靈。雨後的湖山，格外的新妍，你的視線，從真實的悲哀所流的淚珠，看出的世界，也格外的晶瑩。」

我不信任人，他説：「當你同人接近時，莫有十分確切的證據，你不要想他也許有不好的動機，這不僅因為你誤會而誣枉人，你將犯莫大的罪過；你必是常常希望看見他人之善，你將先從好的角度去看人。」

我怠慢，他説：「你必須為實踐你的信仰而工作。你不息的

工作，為的開闢你唯一之自己，所以工作之意義，不在其所有之結果，而在工作本身。」他更教導我的生活興趣要多方面化：「你的心感着多方面之興趣，如明月之留影在千萬江湖。這並不會擾亂你的心內之統一。在真正嚴肅的生活態度裡，各種形式之生活內容，是互相滲透，而加其深度的。」

我開始平靜下來，思索和嘗試實踐，盼望雨後的新世界。由於熱愛唐先生的理論，我決定去當他的學生。於是，「升學新亞」，成為努力嚮往的目標。經濟問題必須解決，為了取得獎學金，我開始集中精神讀書，闖過會考和入學試兩關。

現在回顧，真覺那時的憤怒，差點使我山窮水盡，是唐先生的《人生之體驗》，為我撥開雲霧，得睹天清地寧。

新亞入學口試的那天，主考人正是唐先生。他問了些很普通的問題，我怎樣應付過去，現在也記不起來了，但最後一個問題，卻仍清楚記得。大概唐先生看見表格上，志願項中，六個空格，我全填了「新亞」，便問道：「你愛中國文化嗎？認為在香港，中國文化能散播嗎？」一向，我自以為愛中國文化，第一點答案該是肯定的。但第二點，由於生於斯長於斯，又受了許多年官校教育，我竟不加細想便回說：「恐怕沒有什麼希望！」唐先生聽後，抬起頭來看我的眼神，到今天，仍清晰印在腦海裡，似乎有點惋惜我的無知，卻有更多的疑問。往後，他再沒說什麼，便打發我出去。回來後，跟同學談起，他們都唬嚇我，會因那個不得體的答案，進不了

新亞。幸而，不久，我便註冊正式成為新亞學生了。

站在高大，藍色玻璃窗的新亞圖書館內，夏日早晨的陽光，十分耀眼。我首次訝於學問的博大。驀然，由中學畢業帶來一腔「捨我其誰」的傲慢，完全散碎了。跟中學課程完全不同的科目、上課方式，使我心裡充滿亢奮，也帶點手忙腳亂，尤其第一個月上唐老師的「哲學概論」課，我盡最大努力把聽到的記錄下來。這對於新生，實在十分吃力。

就在那年十月，新亞發生一宗懸旗事件。據說每年十月，新亞宿生都會懸掛國旗，但自那一年開始，由於接受了政府津貼，便不能再在校舍內掛旗了。作為新生的我們，並不太清楚是什麼一回事，只知道舊同學都十分激動。在一個晚會上，我第一次看見許多人為了「國家」痛哭的場面，也第一次聽到唐老師說民族、文化、原則等等觸動的問題。天地忽然擴大起來，雖然頓感渺茫，但當下便從自我跑出來，以後，關懷的再不只是自己了。

新亞四年，不斷選修唐老師的課，很難檢拾具體例子來證明他怎樣影響我。一陣春風吹過，萬物便逢生機，又有誰能捉住一絲春風給人看，說：「這就是帶來生意的春風。」我從不到辦公室去看望他，所以肯定一切影響是來自授課和著作上。上過唐老師課的人，都必然難忘他授課時「忘我」和「投入」的情況，這該是他說的：「你當自教育中，看出人類最高之責任感、最卓越之犧牲精神」了。正因如此，他的授課，包含了兩重意義：一是用語言文字表達的知識學問，一是用精神行為暗示的道理。對於我，後者的

啟導力最大。

　　四年來，我學得絕不夠多，但卻獲得：「世界無窮願無盡，海天寥闊立多時。」的好境界。

　　從新亞、師範畢業出來，我抱着無比的信念和愛心，走上教育工作的漫漫長路。我嘗試實踐唐老師說的：「在兒童的人格中，看出每一兒童，都可完成其最高人格之發展，都可成為聖哲」這信念。可能太年輕，意氣太飄舉，竟忘了這段話下面另一段：「這一切向好之可能性，可能永不實現，另外有無盡向壞之可能性。攜着兒童在崖邊行走，永懷着慄慄之危懼，不能有一息之懈弛。」也忽略了社會急劇變化帶來的種種迫力。遇上阻力一天比一天多，我的信心開始動搖，悲哀又再臨近。

　　當了教師的第七年，兩個女學生陷於社會不良風氣裡，使我的信心完全垮了。對於她們，我用過不少力，她們也信賴我，可是，依舊沒法抗拒一些更巨大的誘惑，終於出錯了。當她們向我說着悔恨的話時，我頓然心頭一空，就像在崖上救人，明明已緊握住他的手，但終也一滑，他便溜出掌中，往深淵飛墜。軟弱、哀傷，使我很震驚，只得向唐老師「求救」。每次去探望他，坐定下來，聽他正講着哲理，我就忘記「求救」這回事，而最奇怪的是：他每次講的道理，都好像分明解答我帶去的問題似的。

　　有一回，他對我說：「你身體太弱，最好停一停，在閒中反照自身，看看執着的是不是一些虛象。」就這樣，他介紹我到日本京

都大學去當研究員。

告別了教學生涯，我到了詩化的京都，很平靜地讀一年書。由於離開香港，才發現自己和它原來已訂下一種無可擺脫的關係。由於離開學生和學校，才察覺自己原來對他們有無限的思念。事情漸漸明朗，忐忑的心情沒有了。我又找到安心之所！

夏天，唐老師路過京都，他帶我到南禪寺去。坐在紅氈上，眼看滿庭幽草，我啖着無味的湯豆腐，他嚴肅地說：「淡中有喜，濃出悲外。」於是我一心如洗，明白超拔的道理，決定一條應走的路向。

推崇唐老師的人，都會用「大儒」、「哲者」、「博厚」這些字眼來稱頌他。污貶他的人，又會用「糊塗」、「固執」、「不識時務」這些句語描述他。我應該怎樣向下一輩描繪他呢？也許，我實在沒辦法說，因為知道他的事情並不多。能夠說的，只是他身體力行，堅持原則的精神，怎樣挽救我於水火之中。

煙波萬頃，把天邊朗月散化成閃閃銀輝，瞎者無緣可見，而站得愈高的看得愈多！對唐先生，也作如是觀。

一九七八年三月十五日

珍重珍重

這幾天，常常想起新亞校歌。

不必細數有多少日子沒聽沒唱這首歌了。反正，自己以為早把歌詞忘得有一句沒一句。

「你們應該知道，學識是一回事，但人最重要的是有情感。……」就在那天晚上，老老少少同學聚在雲起軒，賓四師這樣對我們說話的時候，忽然，整首校歌清晰地自我心底泛起來。

當年，站在農圃道新亞書院那個小禮堂裡，唱着「手空空，無一物，路遙遙，無止境」，心裡的確十分感動，滿以為自己很了解開創者歷盡的艱苦；也輕率地暗自許諾：他日定當秉承「千斤擔子兩肩挑」的精神。

其實，那時候，真是不曉艱難。

漸漸，在成長過程中，在無數的軟弱裡，才深切體味這些詞

句背後，原來有一套大學問，而這套學問，說來容易，做起來倒不簡單。

怎能挑得動千斤擔？怎能走得完遙遙路？這裡，單靠理智恐怕不成，還得有些什麼支撐力，才可以一肩擔盡古今愁，抹乾淚和汗，繼續上路。

「艱險我奮進，困乏我多情。」

「人最重要有情感。」恍然，我明白了，支撐力就在「有情」。理智，很冷靜，叫人把利害看得透徹，你我分得太清。單憑了它，有時多想想個人利益，就什麼都幹不成。情感，很熱切，像團火，控制得好，是燃燒自己，照亮別人；方向不對，就毀物害人。

在艱險、困乏中，能奮進能不倦，這股熱，總不能缺少。「多情」，恐怕在許多人眼裡，已是個古舊名詞，甚至只不過是「傻瓜」的代名詞罷了。

在十分理智的冷眼注視下，毅然不脫當傻瓜的情懷，那就更見「有情」！

「珍重！珍重！」

一九七八年十月卅一日

朗朗校歌聲中

錢賓四老師追悼會上，全體唱校歌，唱到「手空空，無一物，路遙遙，無止境……」我已泣不成聲。身旁友人事後輕聲對我說：「錢先生高壽而去，又已立言立德，可算無憾，你何必這樣傷心？」友人一番好意，可是他並不明白，我哭的原因。

什麼是新亞精神？我這個僅僅及錢穆先生唐君毅先生之門的新亞人，其實知得不多。月會上、課堂裡，聽老師講話，看他們行事，桂林街往事實在朦朦朧朧。只隱約中體認他們「亂離中，流浪裡」承擔中國文化的兩肩重擔，悠長歲月過去，不知不覺間，又感到擔子已移到自己肩頭。近幾年來，國事港事，驀然回首，竟然對肩頭重擔生了疑心——為什麼擔子愈來愈重？有不勝負荷之感了。別人也在提出無數問題，對全盤中國文化質疑。我試圖努力追隨人家腳步，反省慎思，可是，往往力不從心，迷亂在紛紜的眾說中。

究竟這千斤擔子裡有沒有糟粕？如果有，該由我們這一代來檢拾一番，扔掉它是時候了罷？向前行，前路究竟又是條怎樣子的路？一切疑惑，驟然升起，就只覺神思惘惘。

惘惘中，我想念前輩在亂離中，艱險奮進，困乏多情，義無反顧創校傳業，那是多麼廣大的胸襟，而自己，現在竟然對這下傳的事業，猶豫起來，就更加慌張了。新亞人，該怎麼當？又有多少後來人，當得起？

我不知道別的新亞人怎樣想，每一次想到錢唐兩師的逝去，每一次唱起新亞校歌，我就覺得一個時代已經逝去，而我們卻還沒有魄力，承得起前輩傳下來的燈火，不但接不住，甚至不想接住。儘管歌聲嘹亮，也只不過是歌聲而已。

我們這一代，為什麼承不起千斤擔子，接不住傳燈？每一次想起，我就慚愧。前輩生逢亂世，真的手空空無一物，但他們卻以廣大胸襟，懷抱中國文化。他們的情注在中國生命裡。我們呢？幾十年來這小島上，安頓無憂，成家立業，手中物一天天多起來，名和利一年復一年把人纏得緊。我們擁抱着屬於自己的東西，我們的情只為個人牽繫，我們的淚只為個人得失而流。過於珍惜自己，人自然變得老謀深算，再沒有青春氣息。這樣，如何能挑得動千斤擔？如何結得成隊向前行？

錢先生五十五歲，投奔海隅，從無到有，創立新亞。而我們，還未到五十五歲，就已經盤算着該怎樣攜家帶產，怎樣提早退休了。也許，這真是個尊重個人的時代，文化擔子為什麼偏偏要我來

挑？跨國文化比單國文化更廣闊。一切考慮，已經完全不同，我們有我們的新擔，另有應走的前路，新亞精神已成為歷史名詞。

正因為這樣，在朗朗歌聲中，我彷彿看見前輩艱難身影，挑着千斤擔子，用盡青春，在長路上遙望，遙望，後無來者……而我們，沒有把擔子接好，只是低着頭唱着：「手空空，無一物……艱險我奮進，困乏我多情……」這怎不叫人慚愧？

也許，有些新亞人並沒有這種感覺，因為他們根本就不認同這擔子應由他們來挑，甚至說擔子裡不是什麼好東西，更有些人對錢唐兩先生不滿。我也相信，擔子裡不盡是好東西，錢唐兩先生不是完人，但我更相信擔子是應該由我們來挑的。

忽然，覺得自己挑不動，有愧於心，就在朗朗歌聲中，泣不成聲了。

一九九〇年十月十六日

蔡墓重修以外

「蔡元培先生的墓不再蕭條了！」今年清明後一天，幾個上過墳的學生帶回來這個消息。

聽過五四運動、北大、蔡先生的故事，她們就問蔡先生的墓在哪裡。終於，清明前一天，找到了，還把尚未完工的新墓誌，全抄下來。

每年，五四那天，我總習慣對新教的學生，說說那並不遙遠；但對他們來說卻十分陌生的一段熱血往事。順帶也會提到蔡元培先生葬在香港仔華人永遠墳場，和那孤單冷落的碑石。因此，每年總有一些學生，為了敬慕，或為了好奇，跑到墓前去看看。有好幾個男學生，多少年來的清明，都不忘到墓前致祭。

今天，蔡墓重修完成，四十多個北大人在墓前春祭。

報上這樣說：「蔡先生辭世已經三十八年，墓前致祭的北大

學生亦垂垂老矣，真正受教於蔡先生的已是八十過外的老人了。」讀着讀着，不禁覺得滿紙淒然和憂慮。

要建一個體面的墓碑容易；但再過些日子，要真切關心的人上墳就難了。上墳還是件小事，我們該憂慮的是：有多少知道蔡先生的人？有多少承得起蔡先生精神的人？

在香港，一個中學畢業生不知道「五四運動」，並不奇怪——中三歷史課程趕得要命，一九一一年以後的事，總是草草交代，學生消化不來，也就忘掉了事。中四唸理科，不修中、外史，不是自己肯看點課外書的，此生就可跟中史絕緣。別說蔡元培，再偉大的歷史人物，也毫無印象。有時，在堂上激動地全神地說着近百年來的史實，偶然靜下來，瞥見座位上幾張惘然的臉孔，或一兩點淚光，心裡便禁不住酸痛。想着，這對他們有什麼好處？好幾次，決定不再這樣對下一班說了。可是，回心一想，正因他們可能以後再也不唸歷史，最後一個機會，就讓他們承擔吧！

但願教中文的教師，都不反對這個想法。

一九七八年五月十四日

碑前

　　清明後一個星期天，我和朋友一同到香港仔華人永遠墳場去，憑弔蔡元培先生之墓。站在墨綠色雲石碑前，我們細讀「蔡孑民先生墓表」，「……回國任北京大學校長，革新校政，袪除舊習，倡學術自由，由是舊學新知，兼容並包，俱臻蓬勃，而全國學術風氣亦為之丕變矣。……」以上的話刻在石碑上，在陽光照耀中，閃着金光，記錄了七十年前一位開明教育家走過的道路。寥寥幾句話，看似尋常，但做起來，真是談何容易！

　　在腐朽已成定局的情況下，要改革一個龐大的教育機構，就得頂住無數短視固執的反對者，和那無可估計的政治壓力，如果不是具有堅強的信念，和通盤的遠見，恐怕不容易下定決心承擔重任！而往後的日子，他面臨的困難，也不是石碑所能記載的。

　　大量聘請優良而學有所專的教師、改良各系各科的編制、打破

男女不同校的傳統、推廣平民教育，實行教授治校制度，都是他上任後連串的整頓與改革，而目的是為大學生創造一個有利環境，確立學術獨立，思想自由的風氣。就在這種情況下，北大學生新思潮湧現，養成以關心國家民族興亡為己任的宏志。

一九一九年的五四運動，北京大學學生振臂一呼，全國響應，蔡元培實在是個催生者。

後來，他更參加和領導「中國民權保障同盟」，極力爭取民主、自由，直到病逝香江，可説是此志不移。

悠悠五十年過去，偉大教育家走過的艱難道路，依舊艱難。

不知道蔡先生泉下翹首，遙望神州，後來人正舉步維艱，又有何感歎？

一九八七年五月四日

瀟灑風神永憶渠

「瀟灑風神永憶渠」！這是跟豐子愷先生有五十多年交情的朋友，對豐先生的悼念詩中一句。

細細讀着豐先生的學生潘文彥君編的《豐子愷先生年表》，真是百感交集。

別的不説了，只説所感最深的兩件事。第一件：這年表的出版人是新加坡簷蔔院的廣洽法師，稍注意豐先生事蹟的人，都知道豐先生曾對他的老師弘一法師，許下一宗心願，就是願以護生畫集作為祝壽的獻禮，畫滿六冊，滿一百幅，正好是法師百歲。這宗宏願，並沒有因為社會環境、政治情況的變化而受阻，其中最重要的因素，是豐先生有個方外摯友廣洽法師，在海外為他奔走募款出版。在年表裡，更清楚看到這對深交五十多年的朋友，那種不渝的情誼。生前，有朋友關注，為自己奔走以了心願；死後，有朋友專程祭奠，

為自己出版年表,有友如斯,豐先生真是幸甚幸甚。第二件:這年表的編寫者是豐先生的學生,而這個學生竟是「攻讀電氣工程」的。看「後記」文字,就了解他許下為老師編寫生平事略的宏願,要好好完成,委實艱難。「彼時實為環境所不許,工作遲遲未能有所進展。秋風蕭瑟,梧桐葉凋,一年辛苦,檢點所作,僅書卡、編目、文摘而已。」但終於在豐先生的親友故交、學生胡治均、女兒一吟的幫助下,完成年表。個中困難,恐不是局外人能明白,正因如此,年表裡包涵了學生對老師的一往情深。生前死後,都有學生如斯繫念,豐先生真是幸甚幸甚!

豐先生為什麼能享有這些「幸甚」?細細一想,便曉得這並非人人能享。人情交往,不失率真,也沒利害爭衡,除了少數勢利存心,不可感動的人外,恐怕誰也不會對豐先生有什麼不愛不敬的理由。他對天地間無私的愛心,對人和事求真善美的態度,就是連我們無緣見面只看作品的讀者,也在千里外受到感動,那何況和他日夕相處,感情直接交流的人呢?

風神瀟灑,但願永存人間!

一九七九年八月十三日

石門灣的水依舊流着

——豐子愷先生逝世五週年祭

石門灣的水依舊流着，純樸的鄉人依舊過着日出日落的平凡生活；而在這塊土地上，毫無印記，提醒人們：這裡曾孕育了一個可敬可愛的人——這個人在過去幾十年裡，憑着明慧和寬容，用文字和畫，給我們帶來溫馨和愛。——而這個人已經離開我們五年了。

不知道從什麼時候開始，世道會變得如此怪異：「溫馨」是腐化的表徵，「愛」是嘲諷的對象。懷疑和怒火齕着人心，像患一場高熱病。從此，人們眼中看不見春陽朗月、嫩草鮮花，只看見烈日暴風、荊棘敗葉。

這時候，在小小的日月樓裡，他——豐子愷先生沉默地仍握着筆，重複又重複畫繪有楊柳、有詩、有兒童的畫，抄下一首又一首含蘊着古人溫厚特質的詩，譯了一頁又一頁日本古代的故事。

在狂流暴風日子裡，連沉默也成了一種罪狀。恕我是卑微的人，我問：他怨麼？恨麼？他還相信率真和愛麼？親近他的人說：他默默喝一杯酒，然後平淡地閒話家常，或者用漫畫家的幽默，恰當的敘述描繪一些事和人。他會跟小孩子玩耍，跟愛他的畫的三輪車夫聊天。

他在等待！

石門灣的水依舊流着。他是個愛鄉土的人，回去喝過一勺故鄉水後，歸來，就安詳躺下了。

他倦了麼？不！宛如溫柔的江南一灣水，恒久不斷注入海洋，他的意念和他所信的，也靜靜地流滿人間。

他等待，等待迷戀偽和恨的人們，像蕩遊罷的浪子回頭。等待東風解凍，第一絲綠意自冰硬石隙、寒瘦枝梢衝出。

有人說：都五年了，骨灰已冷，還說什麼等待？

人的年壽有盡的時候，但有些事情是超乎年壽的。他傳遞的信念，像盞燈，自有後來人，接着！

骨灰雖冷，他不計較。且看：

石門灣的水依舊流着！春天還是會來的。

一九八○年九月十五日

小酒杯

這是一隻小酒杯。

一隻日本式的小酒杯，像隻縮得很小很小的飯碗。

土黃色釉，交錯着細緻而複雜的冰裂紋，沒有半點火氣，溫和如一個沉思的老人。

當中一條大裂痕，記錄了這隻小杯曾破成兩半的歷史。

不知道誰用強力膠水把它重合起來，膠水用多了，乾後仍帶濕的感覺，像一注淚，躺在杯中央。

杯外壁繪了一雙穿農民衣服的日本男女，歡愉的表情和舞蹈的姿態，看來正為豐收而歌舞。

無論筆法和筆意，完全是竹久夢二的風格。

這小酒杯沒有顯赫的故事，沒有數字驚人的身價，但它卻深知一個老人二十七年來的情懷。

也許，在冉冉消沉的夕照中，在紅了櫻桃、綠了芭蕉的窗下；也許，在風雨如晦的日子裡，它伴着老人，默默看幾頁書，抄一首詩，畫數筆畫。或者，它更清楚在沒有紙沒有筆的歲月，在焚畫如焚心的可怕時光，老人如何把愁苦壓成碎片，然後和酒吞下，它感到前所未有的苦澀，它感到老人無力的脣的冰冷。

這隻小酒杯沒經名窰的火，瓷土和釉，也說不上什麼名堂。只能說是機緣，二十七年前，它躺在小攤上，就無端的中了過路的畫家的意，從此，它就由台灣到了海峽的另一邊。

它沒有什麼履歷，有的只是畫家妻子寫下的幾個字：

「小酒杯一隻，係子愷於一九四八年從台灣購得，生前常以此飲酒。」

它如今，溫和如一個沉思的老人，躺在我的書櫥裡。

一九八一年一月十八日

璧還

在這時刻，我不想再向你隱瞞我的難過……也許，同時是快樂。如果説緣份就算是緣份罷，六年前，你忽然來到我身邊，從此，我就過着既快樂又憂鬱的日子。

我把你從千里外帶到香港來，珍藏在最好的地方，逢人便訴説你的來歷，在人們讚歎和欽羨的眼神中，我知道自己愈來愈沉醉在幸福與驕傲裡。但，幾乎在同時，我又明白，我不該擁有你，這裡也不是你永久安居之所，在遙遠的地方，是你的所屬。酸澀的感覺就會在這剎那間從心中冒起，一直升到腦裡。有時，我會用力逼使自己深信：來去隨緣，很瀟灑一切不在乎，反正，我從來沒擁有過心愛的東西。

等到有一天，我知道你本來所屬的地方，已經準備好了，璧還，是我最應該做的事。於是，我決定親自把你帶回去。那裡，有

你應享有的光彩，人們看到你的時候，就一定會說：呀！這是多麼恰當的歸宿！快樂，我不該快樂麼？但原來，快樂竟孕藏苦楚，咬破裹着黃連素的糖衣，沒有激情，沒有悲涼，我嘗試沉默咽下一口一口這種滋味。

璧還，是一條艱辛的路，我卻選擇了——或許，不是我的選擇，對於你，我從來沒作過什麼主。你來你去，彷似命中注定，我只能這樣開解自己。

送你！我會永遠記住你在我身邊的日子！

（小誌：一九八〇年八月，豐子愷夫人送給我陪伴豐先生四十多年的小酒杯，從此伴我六年，如今，石門灣緣緣堂重建完成，我當物歸原主，璧還前夕，情懷歷亂，草成此文，不計較文字修飾了。）

一九八六年五月十六日

敲鐘者

—— 陶行知先生誕辰九十週年紀念

我是下了一種新的決心：假使我敲這口鐘，只有力量敲醒一個人起來種田做工，我還是願意繼續的敲，敲到無力再敲的時候才肯罷休。……

面對多災多難、教育落後的國家，一個自美國留學回來的青年教育工作者，毅然肩負了敲鐘者的使命。他嘗試實踐「教育救國」的理想。他提出「生活即教育」、「社會即學校」、「教學做合一」的口號。他在荒山小村裡建立農村學校。他路過香港，也不忘為工人設立一所業餘補習學校……終其一生，就朝着為國育才的教育理想道上走。但這是一條滿是荊棘、滿是昏睡者的道路，敲鐘者注定寂寞。

「只要敲醒一個人，也願意繼續敲下去，敲到無力才罷

休」，這種想法，在急功近利的人心中，是天真或幼稚的想法，只有傻瓜才肯做。世間太多聰明人，不見得就能把實際的困難解決了，只有傻瓜，才肯老老實實挑起擔子，堅毅地走上可走的一兩步。敲鐘者曾這樣想：「我一個人教十個人……這樣一人教十人，十人教百人，百人教千人，我們便能從整個村莊的生活裡，辦出整個村莊的教育來。……」他就真的這樣做起來了。敲鐘者是堅毅的。

敲醒一個人，再等待醒者起來，敲醒別的昏睡者，這是漫長的等待。沒關係，敲鐘者願以無比的耐心等下去。可是，道上不但有昏睡者，還有荊棘呢！它身上有刺，橫蠻擋在路中央，誰打它身邊經過，也難免給它刺得皮破血流。敲鐘者明白自己的工作不是喚醒沉睡者那麼簡單，還要面對不分好歹的荊棘。他了解儘管好心好意如和平傳訊鴿，還「難免有人要把牠捉起來，關進籠裡去，或者存心不良投牠一彈，送牠老命……」但他更知道這條路必須闖過去，徘徊畏縮，絕不能為民族教育找出一條生路。一滴汗、一滴血、一滴熱情，滴滴灑在這艱難的路上。為了教育，為了培育幼苗，一切擋住他的荊棘，他都要拚命對抗、砍除。敲鐘者是勇敢的。

他辦曉莊師範，他創育才學校，他跟學生生活在一起，他到處演講，他把教育理想落實在沒有知識分子願意理會的荒村裡，他用行動和熱情來敲醒別人，他太勞累了，一九四六年七月二十五日，敲鐘者倒下來，還剩下一大段路，沒有走完。

「千教萬教教人求真，千學萬學學做真人」，這是敲鐘者——陶行知先生的遺教，刻在他墓門兩旁，三十多年來，風雨侵淩，未知還清晰可見否？

一九八一年十月十八日

馮老師和一方自用印

我的字寫得不好，又不會篆刻，可是，有機會就會跟朋友到馮康侯老師家裡去坐。人家是去學書法交功課，或是同學雅集，我卻什麼都不是，只是坐在一角，看馮老師寫字，主要還是聽他說話。

他凝神執筆的姿態很莊嚴，但看筆在紙上動的時候，又覺得他很悠然從容。本來，悠然和莊嚴，不容易配在一起，馮老師寫字的神態，就兩樣都配得很協調。

上他家聊天，其實多是我們聽他說「故事」，那可精彩極了。他說學摹印經過、說中國毛筆製法、說中國紙日本紙比較、說硯、說墨、說石……有時不單說，更會把實物拿出來給我們開眼界。這樣學習，真是其樂無窮。

他有一隻眼睛動過手術，醫生常勸他別要另一隻眼睛過勞；學生也常常擔心，但他卻顯得泰然，總說：「眼睛不壞下去就很

好。……不寫字不成，已經是生活、生命的一部分了。寫字就能心平氣和，樂以忘憂。沒辦法，不寫字，心不暢快。你們呀！也好好學寫字。……」真的，寫字已經成了他生命的一部分，每天非寫不可，他說是「浸了下去」。至於心平氣和，這就跟修養很有關係，也跟刻印的工夫相契合。曾見他刻印的邊款這樣寫：「息心靜氣，乃得渾厚。」「排除怪異，收拾鋒芒，潛心靜氣以求平澹，人生至理，豈獨治印為然。」這種道理，相信不學書不學篆刻的人，也該用得着吧！

他每天晚上都寫字，寫了一大堆紙，有時也會拿出來給我們看，又告訴我們那一幅寫得較合心意。他常説：「學無止境呀！絕對沒有速成這回事。無論多聰明，也得下苦功。浸淫幾十年，還覺有不足之處，所以學無止境呀！」

他有一方自用印，就是刻着「學無止境」四個字。這四個字，也正是他身體力行的守則。在這個急功近利的時代，難怪他常提醒學生：不能妄求速成。

最近，在大會堂展覽廳裡，又看到馮老師那方印，鮮明的四個字，刻在渾厚石上，正標誌着一個名家的習藝精神。

一九八〇年五月九日

悠然去矣

卅年羈客久，忽忽七十九，

鐵筆活妻兒，身外一無有，

七十古稱稀，百歲又何期，

壽莫過彭老，終於一別離，

有生必有死，浮生如戲耳，

得失隨自然，富貴奚足恃，

萬物本循環，時光去不還，

留芳與遺臭，褒貶在人間。

　　以上一首詩，是馮康侯老師的「七十九自題小照」。那天晚
上，情景還歷歷在目，閒談中，老師說：「做人要認真，但不是緊
張，得失隨自然呀！」他就唸了上面那首詩，還在一張原稿紙上，

寫了送給我。但細細一算，那已經是兩年前的事了。

這幾個星期，我一直在想：老師去世，我為什麼會沒有大悲慟，卻常常想起他平時的言笑？今天，重讀他這首詩，我才有點了悟，是老師的處世態度，在不知不覺間影響了我。

我們都知道老師的成就，也知道他的認真和用力之勤，可是，他永遠給我們一種悠然自得的印象。說話淡淡然，瘦削而多皺的臉常泛笑容，好像沒有什麼事值得動氣的。他的兒子急病去世，和師母的逝世，我們都擔心老師會受不了，但到頭來，我們卻訝於老師的淡然。

也許，只有老師才明白：要有多少內斂修養，方可練就這種既深沉又淡然的對待人生態度。他常說：「寫字寫得好，不是為了做書法家，也不是為了開幾次展覽會。寫字可以修養心性，所以，寫字可以令人心平氣和。」老師認真忠於藝術，卻不斤斤於名利，生命長短，富貴得失，於他是不重要的。無所求，也無所急，他就悠然淡然了。

老師在生，盡了一切責任，對死又早有「準備」，假如，說他現在是悠悠然休息了，我們也為他安心。

馮老師去矣，我們心平氣和地永遠繫念他。

一九八三年

鼓勵我寫作的生物系系主任——任國榮老師

鼓勵我寫第一個專欄的老師，竟是與中文科毫無關係的新亞生物系系主任，那不能不說是異數。

我常常想起任國榮老師！

大學第一年，我選修的科目很雜——現在看來，倒符合了通識教育的精神，既選了「經濟學概論」，也修了「生物學概論」。為什麼選上經濟系的課，已經忘了原因，但選生物學這一門課，是因為中學時受過鄺慎彷老師的嚴格訓練，產生濃厚興趣，何況，教授是「師祖」，算是一脈同門，自信聽課毫無問題。誰料，上了第一次課，我便暗自叫苦，大學的教學，無論內容與方法，與中學分別很大，而最難過的是師祖任國榮老師好像頂不喜歡中文系，我是班裡唯一唸中文的學生，堂上他多次挖苦唸文科的人，我以後就成了給他挖苦的好對象。

他很嚴格也很苛求，答他的問題，錯用一個字眼，都會給他罵一大頓，而我，幾乎沒有例外，每一課，都成為他發問的對象，以後日子怎麼過？我只得乖乖用功備課，以為拿好成績給他看看，就可「免疫」。但我猜錯了，並沒因「乖」而令他放過我，有一次，他居然對全班說，把課本裡的東西唸得滾瓜爛熟的，不等於好學生，可能是最沒思想的人而已，氣得我直跳腳。

儘管如此，他的課卻的確好，我學到的不只是生物學知識，還有思維方法。所以，雖然上課時，往往嚇得面無人色，——隨時變成他話題一部分，例如有一次，他在講自然現象，不知道怎樣說到雲層，他就忽然指着我說：「不要以為作詩，白雲啊！天上的雲呀咁簡單。」逐漸，我也習慣了他的態度，把他那即興式挖苦看成調劑節目。

一學年過去，我學到的是一套科學理念，和一些日常現象的學理解釋。暑假，我到台灣去旅行了一個月，帶回來的是一肚子感想。有一天，我經過生物系系主任辦公室門外，任老師看見我，微笑招手：「細路，唔見咁耐，去邊呀？入嚟坐吓啦！」以後，每星期，他都說一次這樣的話，而我就會坐在他辦公室裡，喝杯香片茶，跟他聊天，——談的竟是文學和創作，你說奇不奇怪？他的中國舊文學根柢很好，這是修他一年課後才知道的，但他很不滿意一些傳統中迂腐的讀書態度，認為不問根由地一味服從權威諸家註釋，不夠科學，這也正是他挖苦唸文科的人的主要原因。由於我剛從台灣回來，不免就向他說了一些看法。他聽了，就對我說：「這些看法

很特別，為什麼不寫出來，給人家看看呢？寫好拿來給我看！」本來，我還是很怕寫成的東西又成了他挖苦對象，但我實在有太多感想，卻不知道說給誰聽，竟然有無比勇氣，寫了就拿給他看。過了一個星期，從他手中接過那些稿，發現他用鉛筆做了許多批語，指出了思想上、文句上的問題來，他的認真，令我既驚訝又感動，一時說不出話來。他還不斷鼓勵說：該拿給更多人看，於是，我便下定決心，拿去《中國學生周報》發表，那就是我第一個專欄《一月行》的由來。以後，我寫了東西，都拿給他看，經他近乎苛刻的挑剔和適當的鼓勵，我會一字一句的修改。三年，沒有間斷過。離開新亞，就再沒有這種好機會，但我下筆寫文章時，總十分謹慎，彷彿聽見任老師說：「細路，唔係白雲啊，天上的雲呀咁簡單。」

一九八八年七月二十三日

想念三蘇先生

　　世事如棋局局新！過去大半年，世事之不可料，簡直是電子棋局，變化又快又大，令人眼花繚亂。還有太多人的心思臉孔，變化得七奇八怪，說不合理就有多不合理，香港人看得先是口定目呆，繼而見怪不怪。忽然，我萬分想念前輩三蘇先生。

　　這種種不按常理出牌的人事世情，一板一眼的社論文章，實在不足搔到癢處。只有高手怪論，才能一針見血。怪論，不容易寫得好，有些怪而不論，有些論而不怪，有些怪而無當，有些論而無力，除了因筆力薄弱，最重要是作者的機智與洞察力不足。三蘇先生的連篇怪論，往往談笑用兵，把問題層層逼出，把人的虛偽剖破。被罵的人臉皮被刺穿，既切齒痛恨但又無可奈何，讀者卻看得拍案叫絕。怪論不等同潑婦罵街，必須有高度幽默感，才能讓讀者品出餘味。作者也應有公正的社會代言能力，方可不偏不倚說盡人

間世相。如果三蘇先生尚在人間，過去大半年，就夠他忙了，有寫不盡的題材。六四前後，許多專欄開了天窗，只標出一兩句心中話，這正是三蘇先生早在二十多年前用過的方法。每一次在報上電視上看到一些香港「代表」人物的嘴臉，我都設想，假如三蘇先生尚在，明天報上怪論會有多好看！對於那些厚顏不知恥的人，專欄、社論不是沒有口誅筆伐，只是他們往往厚得如金鋼罩把身心護住，正面進攻，無法得手。三蘇之筆，所謂「抵死」處，就是銀針一枝，攻其無備，三彎四轉刺入心脾。

目前，只有幾位政治漫畫家也具有這種威力，但怪論，仍叫人想念三蘇先生。不知道是那些厚顏的人有幸，還是香港讀者不幸，三蘇先生竟已不在世九年了！

一九九○年二月二十六日

嚴師

遇上嚴師，是我之幸。

記憶中第一位嚴師是敦梅學校的莫敦梅老校長。他沒有直接在課室裡授課，可是天天巡查，管教學生的一言一行。我小學一年級，就給他罵了兩次，直到現在，我還銘記於心，不敢犯錯。

由於戰爭關係，和平後才唸書的人，多沒有唸幼稚園，我也不例外，一進學校就唸一年級。糊裡糊塗，不懂什麼學校生活，只隨着大隊上課下課。那時候，每天上早會，學生立正唱國歌、校歌，行升旗禮。我個子矮小，排隊總得站在第一排。有一天，會後給校長截留下來，罵了一頓，說我立正姿勢不正確。一年級初入學小孩子，不知道「立正」，老校長罵了一頓後，就教我怎樣才是「立正」，還說唱國歌校歌升旗，都是很重要的——後來升上高年級，我才明白這是尊重國、校的禮儀，也是自尊的表現。自此一罵，直

到今天，我每遇這些場面，一定雙手垂下立正，看見別人雙手放在背後，或站立姿勢不好，就很不舒服。留心一下，文明禮儀，也很講究升旗、唱國、校、社歌時立正姿勢，好像只有香港學校沒有注意教這一套。

另一次受責，是小息時間，在走廊中與校長擦身而過，沒有站好鞠躬——是鞠躬，不是點頭，沒有尊師的應有禮貌。自此，我對師長，總是站定行禮，自然敬意也自心底出來。以上所述，現在人們看來，可能覺得我迂腐可笑，什麼立正鞠躬，簡直封建烘冬，但我卻覺得在這行動中，自有端正心思的作用。莊重，由裡到外，對人對己，都有好處。如果不是具備誠敬，很難處事待人。許多文明國家，推行自由民主，還是十分重視禮儀，並不會視守禮為老套。小時候，嚴師沒對我講大道理，可是一罵之後，終身謹記，日後自明白行為背後的精神，也就受用無窮了。

一九九一年八月九日

師徒關係

　　說我保守也好，執迷不悟也好，多年來我一直嚮往幾種師生關係——嚴格說應是師徒關係。說起來卻可笑，有一種思想不來自教育學派理論，也不來自實際的教學經驗，而是來自武俠小說和武打電影。

　　從小時候聽的廣播小說：方世玉、胡惠乾進少林寺拜師學藝，到看張徹、劉家良、成龍、洪金寶所拍的許多武打電影，都有我醉心的師徒關係。

　　首先說師。為師的自然武藝高強，可是多不露相，不是一面嚴霜，就是瘋瘋癲癲。對待學生的態度，也不見得溫柔敦厚，從開始，就有點不問情由，既不講道理，也沒有規定課程，只見他，不斷地用種種辦法折磨徒弟：上山斬柴、下廚燒火，已經等閒，更甚的頂缸紮馬、倒吊日曬，完全跟要學的武藝拉不上關係。有時更用

莫名其妙的方法，把徒弟折騰得死去活來。聽眾觀眾很為徒弟不值，但不必着急，因為流水落花，一晃幾年過去，為師的忽然一日，就把畢生絕技，在指點之間，毫無保留授予門徒。而過去的所謂折騰，原來是基本訓練，順便測試徒弟人品與耐力。

再說徒弟。最初可能傲氣不群，或者不分好歹，但後來看到老師真功夫，佩服得五體投地，便苦苦求入師門，可是師傅拒人千里。徒弟倒忠誠一片，趕也不肯走開，終於感動了老人家。當徒兒的，什麼苦差都得拚命去幹，老師忽冷忽熱，罵的時候多，怪脾氣難於應付。但為了學藝，咬緊牙不出一句怨言。如此這般，竟然就盡得真傳了。

從此，師徒心藝相通，江湖行走，再不相忘。

另一種思想則來自《論語》與《聖經》，也就是孔子、耶穌與他們弟子的關係。

兩位聖者有許多相似的地方，他們都沒有固定的課室，都沒有固定教學法，課程可以說有，又可以說沒有——孔門四科四教、耶穌對人生的終極關懷，為求永生等等，好像是課程，但都從人生目的作考慮，很難當成什麼課程。他們一般受教者眾多，可是得其精髓的卻不多，孔子七十二門人，耶穌也不過門徒十二。孔子有心愛學生顏回不幸短命死矣，耶穌有個近身而出賣自己的猶大，都是為師者的憾事。他們坐而論道，起而身體力行，最後各自成就大事業——不朽。

我嚮往的卻是他們的師徒關係。

為師的帶着願意隨行的弟子，走遍天涯，一飲一食、苦難危厄與共。共同生活，最騙不了人，如何完美的人，起居小節，最易顯出瑕疵，但也最能顯出個性。英雄聖者慣見了，追隨者仍覺得不尋常，在理解其瑕疵後，仍能從其一言一行中，學到大道理大學問，這就是人生教學。為師的也明白弟子優劣，隨時隨地，因材施教。孔子對弟子，有「吾與點也」的認同，也有「朽木不可雕」的責備，耶穌坦率說出「你要三次不認我」的警告，也毫不保留地稱讚「是點着的明燈」。這種種授受關係，包含了個性的認識、感情的交融、諒解與忍讓、學問思想的傳遞……都不是一本書可以記載。

　　川上山上，老師都有過寂寞無奈的試探。門徒從師學藝，從無到有，過程中也得付出很多，不是平白呆坐，等待飼養。師徒在生活中，完全授受的偉大歷程，真是何等美妙！

一九九一年六月

頻頻回頭看什麼

小學二年級，我遇到一位嚴師：陸錫賢先生。今天，我說話有條有理，就由陸老師自小二至小六年級苦練出來結果。

據說陸老師是全廣東省演講比賽多屆冠軍，在敦梅學校擔任訓導主任之職，同時也負責訓練學生演講技巧。小二那年，我在班中故事堂得了高分，就給選拔出來受訓。學生受訓，為了在每年畢業典禮中代表致辭，或代表學校到外邊去參加比賽。陸老師很嚴謹，我們只不過小學二年級學生罷了，他卻像少林寺老和尚對待徒弟般管教我們。從眼神運用、站立姿勢、雙手擺放、聲調高低、咬字發音、表情神態……一一細練——是天天對着他練，做得不對，得從頭來過。還有隨時指定題目，只準備五分鐘就要宣講，如果講得不合格，第二天又輪番再講，因此，練就我們講話不敢吞吞吐吐。

陸老師對我的影響最深，是五年級那一年。我給選作代表參加

全港小學演講比賽，那時不如今天，學生沒有很多機會出外見大場面。到了會場，我已魂不守舍，代表得坐在禮堂前排座位上，陸老師卻坐在後座。孤零零在陌生地方，我不自覺地頻頻回頭看陸老師，找尋一點安全感。演講完畢，我得了個冠軍，走到陸老師身邊，滿以為獲得讚賞，誰料，他板起面孔，先指出在台上出錯或以後該注意的問題，然後說：「你頻頻回頭看什麼？在外邊，靠不了老師，應該有自信，平日教給你的，你自己應變運用。將來，老師不在你回頭看得到的地方，你怎辦？老師在你心裡，才有用。你頻頻回頭看什麼？」一連責問了兩次「頻頻回頭看什麼」，事隔四十年，我仍清晰記得他的聲音。從此，我守着他的教訓，台上台下，心神都往前看。

也許，有人會認為這很不合兒童心理學，但，對我來說，畢生受用，也就夠了。

一九九一年八月十六日

紀念高伯雨先生

　　一九九二年開始不久，一連幾位老前輩去世，坐在殯儀館裡，但覺歲月如飛，作為後輩的我，許多事情還沒有做好，有負老前輩所望。

　　香港掌故專家高伯雨先生，於一月二十四日去世。他對我的香港文學研究，指導良多。記得當年，我冒昧登門求教，他並不以我的無知而拒，反一一細意指示。特別在日治三年零八個月的那段敏感時期，許多人和組織，到今天仍有人「忌諱」，不願提不敢提。高老先生卻先主動向我提及，並指引了重要線索，讓我掌握資料，對當時文化界動態，可作公允觀察。將來如能寫好香港淪陷時期文學史，都是高先生之功。他在世之日，我沒有當面言謝，也未及時寫好這段歷史，請他斧正，實在是我的錯失。

　　另一件憾事，是我沒有趕得及把他的書——《聽雨樓隨筆》暢

銷一事告訴他。以他的文名，晚年要出版一本書，竟屢遭波折：以他自己的話來說，「三次受厄，可謂奇遇」，其實也是香港出版界的奇恥。書終於面世，他還得擔心發行問題，怕多餘銷不去的書，家裡沒地方放，最後幸得林道群先生聯絡，香港三聯書店的幫忙，才解決難題。「意料之外」，書十分受讀者歡迎，不及半年，已經售罄，還一連上了暢銷書榜——上什麼榜，我想他不會在意，只是可給勢利眼的出版商一點他們在意的顏色。這個消息傳來的時候，高先生已經在醫院中陷入昏迷狀態。他的女兒在電話中告訴我他去世的消息時，哭着說：「這暢銷事，早一點知道就好。」是的，就是遲了。在靈堂中，對着高先生遺照，我默默禱告，盼能以這遲來信息，以慰在天之靈。

高先生幾十年寫日記及剪存報刊不絕，晚年記憶、思路都很清晰，整理他的日記，出版他的晚年文學，對香港研究應有幫助，不知道有心人在否？

一九九二年二月二十一日

悼梁伯

梁伯逝世，很突然，許多跟他有接觸的後輩，一時間都沒法子相信。

我叫他做梁伯，跟一般人稱他魯金叔不一樣。

二十多年前的事了，也記不起誰人介紹，在什麼情況下認識他老人家——那時他還不算老，仍在報館裡當記者。我是個中學教師，但對香港社會各樣俗文化很感興趣。就這樣子，許多時候跟着梁伯到處跑。

記得第一次是梁伯帶我去荔園粵劇院採訪探班。那種半野台戲的演出形式，前後台都很荒涼，老倌也無名無姓——我首次明白「過氣老倌」的含意。他們在衣箱前化妝，梁伯跟他們閒聊。以後我學習了梁伯的採訪方式：不見他拿起筆及本子，從不在人前筆記。往往若無其事的閒聊，第二天在他的報道文字中，卻毫不走樣地記

錄下來。他說好記者，要好記性，對事情敏感，但不應在人前寫下來，免得「嚇親人」。

梁伯去逛街，只要遇到感興趣的人、物、事，就會停下來，先定神看，然後就向人問長問短。他說尋根究柢就要每事問，他說我面皮嫩，不敢開口問人，很吃虧。

往後的日子，大家都忙，他也越來越有系統地做着香港歷史俗文化的介紹工作。我再沒有跟他逛街的機會了，但他仍很熱心介紹我認識許多搜尋香港歷史資料的同行。他很忙，除了自己的工作外，還要幫助無數機構和業餘研究者、收藏者做考據。我曾勸他不要過忙，他說，「現在許多後生仔好熱心，幫他們一下，我自己也開眼界，也學到不少。」一直，他體健神清，恐怕連他自己都沒料到一下子就去了。

多識廣見的梁伯一去，研究香港風俗文化的後輩，不知道還能不能找到如此敦厚的導師？

一九九五年二月十七日

誰來同詠

我嚮往的一種師生關係，說出來，可能不少人認為太古老，太沒有現代效應了，更可能笑我想法天真。

那就是：孔子與弟子的師生關係，或應該說：師徒關係。

為師的帶着願意隨行的弟子，甘苦與共，許多人誤會，以為孔子跟學生在一起的時候，只見師道尊嚴，師生關係很隔。講平等講人權的新一代，想像孔子必然是個古板、沒生活情趣的老頭。可是，只要好好用心，細看《論語》的每一章節，不難發現裡面正洋溢着師徒不隔之情——不隔，是因互相理解後的溝通，並不是一面倒的受或授。

現代的教育，「大量製作」的要求下，受授都如流水作業，偌大校園、講堂，到處是匆匆人潮。師生關係，就如流如潮，一瞬即逝。沒有接觸，多憑猜度。缺乏交流，只見隔閡。學生說老師高高

在上，老師說學生自以為是，人際忽忙而冷漠，擦身而過連一個招呼的眼神也懶得交換。這樣子的關係，偶有碰撞——思想上的碰撞，就會顯得十分緊張。現代教育，很注重功效，講究時限，計算分數，只見人們在知識圈外兜兜轉轉，卻往往忘記了人——人的關懷、人的理解、人的情味。於是，大家都說很冷。

雲淡風輕，脫下重衣，校園裡春花正盛。我忽然想起《論語》中，孔子與弟子的閒談，「各言其志」，曾點說：「暮春者，春服既成；冠者五六人，童子六七人，浴乎沂，風乎舞雩，詠而歸。」難得弟子有如此一種閒情，正中孔子的心意，他遂說：「吾與點也。」這種老少同心，情懷一致，構成和諧生命共鳴，委實難得。

我在大課堂講授完畢，走出來，抬頭迎着一陣清風，唉！誰與共舞？誰來同詠？

一九九五年四月八日

向暴火焚身的老師致敬

　　馮堯敬中學的師生、家長經歷一次災難變故，顯現了感情的凝聚光輝。

　　在操場上，襟上黑紗、臉上的淚、哀痛之情。禮堂裡，師生家長的全神沉重投入。壁報上學生的真摯文字，……一切顯示着香港教育評價的重新估計，改寫了近年令人頹喪的香港教育歷史。

　　王秀媚、周志齊兩位老師，冒着暴火焚身之險，在最後關頭，力推學生上巨石，出生天，剎那間不作別的選擇，正表明在心裡，下意識中，老師只以學生為重。兩位老師也以自己的生命，向香港人證明：在教育崗位上，教師為了學生，已別無選擇。

　　兩位老師已逝，我在悲慟之餘，不禁想到，近年來，還有多少中小學教師，在盡力教學崗位上，也同樣：冒着暴火焚身之險，力推學生出生天。

社會上，近年流行一種誇大人權自由，濫用人權自由的風尚，幾乎凡正規規範都反對，流於對未能獨立思考、不懂有效自主的青少年過度縱容的毛病。部分社會人士和家長，有意無意間，與教育，教師對抗情緒高漲，往往不問根由，把責任推在教師身上，使好心的教育工作者動輒得咎。部分人士更利用文字、影像媒介，借反映現實為理由，片面醜化教師，但，以小我不好經驗或主觀印象，作不分皂白的全體投射。這種反教育行徑，就如一把毫無目的的山火，置師生於險境絕境。——事實證明，仍有無數教師，願意冒暴火焚身之險，奮力推學生上求生巨石，讓學生逃出生天。

兩位老師以身殉職，燃燒了自己，不只讓馮堯敬中學的師生難忘。盼望香港人也能亮了心眼，重新考慮，不要亂放暴火，陷有心盡力的老師於焚身絕境，以告兩位教師在天之靈。

一九九六年二月十五日

《赤鬍子》精神

杜杜說起三船敏郎來，自然也提起黑澤明，惹起了我一連串回憶。

我不會忘記他們二人合作的《赤鬍子》，對我的教育工作態度有多大影響。

這套電影拍成於一九六五年，大概要到六六、六七年以後，才在香港放映，那正是我投身教育工作的始點。當時的學生當然沒有現在的那麼複雜、那麼多問題，但一代有一代的困難，對初入行的年輕教師來說，總會面對一些難以應付的問題學生。愈是熱誠，就愈容易遭意想不到的冷水潑得身心俱冷，滿以為自己付出足分，到頭來學生卻全不接納，甚至曲解好意，這樣情況遭到無數次，就難免洩氣。我就是在這種情況下，洩了氣。

剛入行就洩氣，這危機令我很恐懼，後頭的日子正長，除非我

改行，或像一些看化了的同行，成了老油條度日，否則，我必須自救。教育學院課程沒有教我怎樣應付這種心理危機，那時候還年輕的我，真是求救無門。自問又真的熱愛教學，給少數甩開餵藥的手的學生弄得我放棄，未免心有不甘，怎樣辦？這幾乎是我天天撫心自問的問題。

就在這時候，黑澤明導演、三船敏郎演的《赤鬍子》在香港上映，其中一個情節給了我極大啟示，有如救生圈，借了力，我總算「得救」。到今天，在教學途上，每遇反抗地甩開我的手的人，我總會想起電影裡三船敏郎扮演的「先生」。靠一套電影來作救生圈，看來有點幼稚可笑，但對我來說，這是事實。這電影重映的機會不多，於是我買了一套錄影帶放在家裡，作為心理療劑。

《赤鬍子》裡，三船敏郎飾演的醫生，是個沒有笑容、兇得像個江洋大盜的老師——既是醫生，又是醫學教師，他收了許多徒弟，邊行醫邊授徒。有一天，他從妓院裡救出了一個病重的雛妓，命令年輕醫學生負責看顧餵藥。年輕醫生滿懷愛心不眠不休地照顧着小女孩，可是對人類失去信心的孩子，每一次都帶着仇視痛恨的目光，用力把送藥的手甩開，打翻了盛藥的調羹，無數次的惡意拒絕，令年輕醫生傷心頹喪，老師在旁看得清楚，一言不發接過了調羹，蹲下來、帶着微笑面對小女孩，這是他的學生和觀眾第一次看見他的笑容——一個江洋大盜的臉上，有如春陽和煦的笑容，太矛盾了，很容易給人奸的印象，但三船敏郎演技在這刻發揮得十分出色，觀眾完全忘記他先前的黑口黑面、兇神惡煞的樣子。可是，女

孩子並沒有領情，一次又一次用力推開老醫生的手，老醫生側着頭、笑容更和煦，一再送上藥匙，惶恐的孩子臉上仇恨顏色逐漸褪去，也側着頭看着老醫生，再試探性的推開調羹。今回用的力不那麼大，老醫生再送上藥的時候，終於她張開了口，吃了醫她身體疾病的第一口藥，同時也接納了治她心靈創傷的首服靈方。

那麼詳細敘述了上述片段，只因每一次想起連串鏡頭，小女孩推開藥匙的抗拒力度，和老醫生再送上一口藥的決心和艱難，那種感覺，三十年來，仍然沒有退減。赤鬍子精神，就是指這組鏡頭。

一九九八年四月一日

永世師徒情

舞台上謝幕看得多，為演者出色而感動鼓掌的機會也多的是，獨有這回謝幕安排，令我觸動無限。

江蘇省崑劇院來港演出《1699‧桃花扇》（我不喜歡「青春版」這詞，優良演藝，不該有青春不青春之分，故在此不引用），那是經過田沁鑫劇本整理小組濃縮修理的版本，少了原劇的緩慢婉轉，多了現代節奏情緒，這種新舊引發的碰撞，仍須有調校磨合的過程，我是外行，無法討論。但年輕演員在老師指導下，認真的演出，處處可見苦練之功。

苦練，一切成功，盡在一個苦字。老師苦心，不辭勞苦，傾情以授。徒弟苦志，勞其筋骨，一世從師。早在三十多年前，我在傳統演藝界中，看到他們師徒情分之深，徒弟執禮之誠敬，早受感動。這種授受，是藝之授受，是情之授受，在當前的學校教育裡，

就欠缺了。

　　《桃花扇》謝幕，全體演員按行當分別出到台前，每行當中間站的是老師，向觀眾鞠躬，這是常見場面。但接着卻是徒兒轉身朝向老師，深深鞠躬致敬，老師領受後，攜住徒弟入後台，其中還有舉手摸摸徒弟光頭，一派藹然和祥氣象。那深深躬身一拜，訴盡多少苦練時的辛酸，嚴師苛責下的受教歷程，忍得住一時苦楚，謝永世之情。

二〇〇七年三月十一日

這樣日本

老的準備

「老」本來不是罪過，但明明白白它又的確使許多人受罪。在青年人眼中，「老」是嘮叨、頑固、專門挑剔、不可理喻、礙手礙腳的代名詞。身邊如果有個老人家，是天大的麻煩。

一九七三年，日本有一個青年意見調查，其中竟有百分之九十以上的人，不贊成婚後與父母同住在一起。在日本，女孩子找結婚對象，有句流行的話，就是：「要汽車，要屋子，就單單不要老媽子。」他們也故意把居處做成很小的單位，號稱為「我們自己的家」，意思是不容納上一輩的人。

青年人如此離棄老年人，老年人又因生理、心理都有了變化而不自覺，於是，便形成了晚景淒涼。日本女作家吉佐和子的作品：《恍惚的人》，對於老人的悲慘，有很深切的描寫。這小說拍成電影，十分賣座。而著名演員森繁久彌簡直是千千萬萬老人的化身。

據説這電影惹了無數老人的眼淚。

在一次電視訪問節目中，有人問森繁久彌演了這電影有什麼感想。這個也快六十歲的演員如此答道：「我只想在此，向四十歲的人提議，趕快做好老的準備工夫。我——快六十歲了，才發現這工夫的重要，也許太遲了點，但總不希望別人像我一般遲了。什麼是老的準備工夫？就是開始培養自己一些嗜好，看書、種花、養小動物……任何一樣都好，等退休了，那就是你的世界。老年人愛挑剔青年人，是因為太閒了，又沒有自己的世界，卻硬擠在青年人世界裡，算是代溝吧！便對青年人樣樣看不順眼，而青年人也沒辦法了解老的心境，於是老的悲劇便產生了。」

是的，日本社會制度及福利辦得好，老年人有養老金，有養老院的照拂，所以，還可以看書、養小動物、種花度其餘年。但，每次看見弓着背、牽着狗在街頭踱步的老婦；在屋前小苑負着手看自己種的花的老人，就總覺得「老的準備工夫」是做足了，可是，依然帶着一股濃濃的寂寞——一種欠缺人與人之間感情溝通的寂寞。

由此，再想到：在一個福利制度不健全的社會裡，老的準備工夫，恐怕不是看書種花的閒情，而是要練就一副硬骨頭，以便討生活直到兩腿一伸的日子。只是奇怪，除非夭折，否則，人人都會老，但年青的卻如此嫌棄老人，這真是社會上的一種悲劇。

一九七三年五月十日

漫畫世界

　　日本是個漫畫十分流行的國家，除了報紙刊物有漫畫外，其他漫畫單行本、漫畫週刊、漫畫讀本、漫畫小說等等，種類之多，實在令人驚訝。青年人、小孩子看得入迷的為數不少。內容方面有政治性、社會性、神怪的、黃色的……而神怪的多是電視上受兒童歡迎的片集，黃色的則其黃色程度令人吃驚。

　　由於漫畫在日本受歡迎，漫畫家便連帶吃香起來了。著名的漫畫家聯合組成一個「漫畫集團」，成員包括了橫山隆一、橫山泰三、秋龍山、小島功、井崎一夫等人，已有四十年歷史。一九七三年是該團四十週年紀念，開了作品展，會場中的展品不多，可是每幅作品的售價，卻高得令人吃驚，例如小島功的一幅「燈下」，只寫了一個裸女在燈下，我倒看不出好處在哪裡，但售價是七萬日圓。在這場合中，還設有一個即買部，這才看得出日本漫畫界的聲

勢，因為在那兒陳列了所有漫畫集、單行本。其中最惹人注目的是由筑摩書房出版的兩大套「現代漫畫」：第一期包括了十五大冊，第二期十二大冊。每期均包括了著名作家的專集、漫畫戰後史、兒童漫畫傑作集、前衛漫畫傑作集等。每冊三百多頁，精裝，其堂皇程度不下於各文學大系或某些作家全集，相信擺在書櫃中，比許多名著顯得更神氣。其他大大小小的單行本，連環圖式的小冊子，還有小小一本的漫畫詩集，真是洋洋大觀，價錢雖不太便宜，但購買的人很多。還有一個小攤是賣印有漫畫的手帕、筆袋、毛巾、小襟章等玩意的。從這個情況，大概已可推想日本漫畫家的收入了。其實，好的漫畫最能反映社會狀態，有時比文字來得更有力，深入民間起的作用更大，而同時也可成為最好的歷史紀錄。手邊有一本美術同人社出版，清水勳編著的《太平洋戰爭期之漫畫》，裡面全是日本發動太平洋戰爭後，日本人的心態及民間生活反映，也可見當時日本的戰意高昂。例如其中一幅〈一億宮本武藏〉，畫一個左手持建設之椎，右手持戰爭之劍的武士對抗着中美英三把劍（其中代表中國的那把劍還是斷了的）。可見日本對敵人的輕視和自信。

　　筑摩書房這兩大套漫畫集很能突出日本在第二次世界大戰前後的社會面貌、政治態度，應是很具研究價值的資料。

一九七三年六月十三日

貨聲

在京都，曾經看過一個「京都傳統民藝」的表演晚會。節目內容是把京都百多年來，傳統風俗、節日、祭禮、兒童遊戲、童謠、民歌都搬到舞台上去。在換景過場的時間，還加插了一些「京都貨聲」，於是賣布的、賣浴盆的、賣小木凳、賣糖果的，都一一上場了。只見打扮小販模樣的人，挑着要賣的東西，走到舞台上，揚聲叫賣，腔調有長有短。台下上了年紀的人，就禁不住發出歡快的哄聲。看住坐在我前面的一排老人家，又是拍手又是歡叫，甚至有幾個還和着喊，情形有點像小孩子看見愛玩的玩具，或愛吃的糖果般，頓時，熱鬧氣氛充滿了整個劇場。看觀眾的反應，相信扮演的一定十分逼肖，捕捉了已經逝去，而又令人回味無窮的市聲，也把老人家帶進童年青年的時光裡。在他們哄笑歡快之後，在回家途中，想必勾起許多早已沉澱的記憶和話題。然後，驚覺自己不再年

輕，又是陣陣惆悵。

突然，想到香港，市聲貨聲，有該是有的，但早埋沒在更大的城市噪音裡了。加上，大買賣靠大眾傳播工具，犯不着沿街叫喊土裡土氣的。小生意聲嘶力竭鬥不過車聲飛機聲，用擴音器又嫌吵得欠自然，偶然在較冷清的街道上，大概還會有些固執的老輩人的叫賣聲：「臭豆腐」、「劏刀——磨——較剪」，盪在寂靜空氣裡。但，誰有欣賞的閒情？這世界，可以聽的東西太多了。

看過有人寫文章記敘北京的貨聲，四季有着不同的叫賣聲，腔調有悽惻也有高亢，煞是多姿多彩。也許，這些音調，平日聽得慣，聽過就算了，一旦離鄉別井，或者它被其他聲音取代後，就會從回憶中翻出來，觸起陣陣哀傷！

一晃許多年——那些漫長的夏天午後，三點鐘是：「椰子夾——酸薑」，四點鐘是「白糖——凌教糕」，該是五點鐘吧：「新鮮——豆腐花」，它們在什麼時候竟通通消失了？怎的？忽然又在我記憶中全冒出來。

「人生有個真正朋友」，「邊個夠我威」……它們是通過電波而來，有時令人心煩。幾十年後，想起的貨聲是這樣子的，不知是什麼味道。

一九七四年五月三十日

學問

　　京都北白川旁，住了許多有名的學者。也許，三十多年前的北白川，是很有風采的。否則，《正倉院考古記》、《東瀛觀書記》的作者傅芸子，不會在它旁邊住上一些日子，便十分着迷，除了寫文章描述一番外，還把自己一本著作題名《白川集》來作紀念。現在的北白川，只剩下一道小水溝罷了，倒是它的四周，還有不少可賞的雅景。例如春天裡，遊人可以在落櫻如雨中漫步的「哲學之道」；落日時分另有蒼茫之感的吉田山。說起吉田山，那就是清末民初王國維埋頭苦讀的地方，後來，他再搬到遠一點的、以紅楓著名的永觀堂去，就因此為自己取了「觀堂」的別號。靜靜地在那附近踱步，自然感到它的確有股靈秀之氣。

　　在北白川許多日式房屋當中，京大人文科學研究所的建築式樣，顯得十分不協調。古老洋式還加個尖塔的面貌，總叫人有它是

放錯了地方的感覺。當推開那厚笨玻璃大門進去後，就是個永遠陰沉、「鬼古式」的大廳。午飯後，人都在裡面休息，我卻寧願蹲在外邊天階草地上看鴿子，站在荷池看游魚，也不會坐在那些恐怖大梳化椅子上。天階兩旁，該算是全個研究所的活動核心了，因為教授們的研究室都在那兒。每個房間總是堆滿書——大木架大木架的書，有時把人遮住了。教授們多埋首在凌亂不堪、古老得全褪了色的大木書桌中，做他們的學問工夫。此外，還有由教授研修員共同組成的研究小組：「辛亥革命」、「五四運動」、「漢書」、「洛陽伽藍記」、「中國共產黨」、「佛經」……一看名稱，全跟中國有關的——其實，人文科學研究所就是個研究中國的重鎮，我看不到裡面的人，有誰是研究別國學問的。小組會開得密，報告寫得勤，收穫很受重視。另外，由於研究費充足，還可以請來助手，做些不是學問工夫的工夫——抄資料咭、做目錄做索引。這些東西一完成，就給其他學者無數方便，也節省了時間。人家有系統的做，龐大的做，奇怪是我們香港某些學府，自己既不做，連用錢購置一套好來方便眾生也不做，真不知道作何打算！

好了，別只顧生氣把話題拖遠，再說那些教授吧！在研究所的教授們，都是研究中國學問為主，所以中文根柢好，多少懂幾句中國話——有幾個一口京片子，真羞煞了我。他們有些很有學問；當然也有些沒多大學問，但他們都十分認真用功，每年有論文出來。為了飯碗競爭而努力研究，依舊是可敬的。更何況，不少教授退休後，還是搬到北白川附近來，為的是方便繼續到研究所去借

書查資料，做永遠不完的學問工夫！

也許，我們不必計較別人做了多少，但總得算算自己才好！

一九七四年五月二十日

萬福寺掠影

看了高美慶寫的〈中日美術關係之探討〉，才知道日本宇治的萬福寺，是中國文人畫傳入日本的一個重鎮。曾到過這所山門，只是去的時候，並不知道它曾是傳播中國文化的中心。朋友說那寺院的和尚唸經，全用中國話，這就足夠吸引我去一趟了。萬福寺，是在京都市和宇治市之間的一個叫黃檗小鎮上。據說這寺除了和尚用中國語唸經外，還有一個跟其他日本寺院不同的特點，就是一直下來，住持都由中國和尚出任。可是，自民國初年以後，不知道為什麼中國和尚會後繼無人，終於還是由日本人做了住持。

這寺院是仿明制寺院形式建成，所以無論格調、氣派都及不上依唐制的唐招提寺或法隆寺。有幾處小小庭苑，簡直是江南小築的味道。大殿左側是個有圓拱門的賣茶小館，門外樹梢掛了一面茶旗，白短牆綠瓦簷上，伸出幾樹冬青，想想如果換了幾株紅杏，或

者數枝紅梅，那就更叫人醉了。可是走出來的竟然是幾個大和尚，真不知道是我的想法殺了寺宇莊嚴的風景，還是他們殺了我詩思的風景。大殿之外，還有許多建築物。有些是供奉靈骨的，有些是供奉羅漢的，還有一座黑黝黝，關了門，只准人隔着鐵絲網看的小側殿，裡面竟然供奉了關帝像。這佛殿的佈置跟一般日本寺宇完全不同，卻與香港常見的廟差不多：神龕、神檯的帷帳都是大紅綢加刺繡或膠片，還寫上善男信女的名字，看名字就知道都是中國人送的。只見裡面一片塵封，心裡不是味道。

萬福寺的雲版也很特別，是一條大木魚，橫吊在迴廊上。轉個彎，走廊上擺着一張大四方酸枝木桌，和四張很高靠背的酸枝椅，既不像款客，又不像古物陳設，有點不倫不類。旁邊小賣部除了特設紀念品外，還賣該寺住持法師寫的字。據說歷任住持和尚都寫一手好字。可惜現在住持寫的卻不見高明。

專程往那兒走一趟，是為了聽唸經，但卻撲個空，因為不是初一十五，和尚們不在大殿上唸。大概沒有緣份罷！

一九七四年九月二十八日

沉沒之前

　　去看《日本沉沒》。其實，故事內容早曉得了，一向又不是愛看什麼電影特技，去看，只是為了滿足一點好奇，和一九七三年所欠缺的。那年，電影在日本公映，的確萬分轟動，一連個多兩個月，每次「入城」去，都看見那幅特大廣告，畫得真有點排山倒海之勢。本來，去看看由最暢銷小說，早把許多日本人嚇得死去活來的作品改編而成的電影，對於正在日本生活的我，是頗有意思。最便宜的學生票也要港幣八塊錢，正是我一天兩頓飯菜錢，雖然違反節約原則，還是忍不住看了。如今它在香港放映，幾塊錢一張戲票應付得來，自然會動心再去看一次，因為有中文字幕可看，同時，也想知道自己的反應。

　　香港人看日本地震，自然是離天隔海，不關痛癢。當看到那個發現地殼變動和日本有沉沒危機的專家那副咬牙切齒痛苦相

時，隔座就有觀眾大叫「神經病」。其實，對於地震，日本人真的這麼緊張。

自從專家發表了「六十九年是一地震週期」報告後，日本人便開始不安，因為屈指一算，一九二三年關東大地震後的另一週期快到，老一輩是猶有餘悸，年青一輩是怕自己適逢其會。出版商出版關東地震回憶錄和圖片集，小松左京寫成了《日本沉沒》，加上不遲不早來臨的幾次地震和火山爆發，怎不叫近十年來享盡繁華的日本人驚心動魄？於是，地震避難演習，地震逃難救生袋流行起來，據說科學家也正努力研究拯救方法。記得在京都，逢上兩次地震，其中較嚴重的一次是在上午，我正站在京都大學中文系圖書館的櫃檯前，刹那間，整座古老建築物像放在搖籃裡似的盪來盪去，清楚記得兩個男職員臉上表情，便不再懷疑電影上演員的表情了。

我絕對相信，當大難臨頭時，日本人會卑躬屈膝求他國幫忙，但我更十分相信他們志不在作難民在他國寄生。那個「陪葬」的老人對女孩子說「妳去外國，嫁一個日本人，或者外國人罷！」才是真心話，日本土地沉沒了，日本人得趕快找個別的地方移殖延續下去。資源缺乏都算得上一種「沉沒」，他們正在說沉沒之前的計劃呢！

一九七四年十月五日

日本人的《日本沉沒》

一九七三年，我在日本京都看《日本沉沒》。

那一年，做了個極窮的留學生，窮得幾乎天天用味噌湯淘飯，怎捨得去戲院看電影？但我還是硬着心腸買張最平價票進場。

市面大張大張建築物傾塌的彩色廣告，《朝日新聞》、《讀賣新聞》也半版宣傳文字，視覺上已十分吸引。我從沒聽過原作者小松佐京的名字，只是覺得書名取得很大膽，怎可能對自己國家如此詛咒？為什麼日本人容忍他如此驚嚇？

日本人歷來太多憂患意識，一九七三年世界石油短缺危機更令日本人憂心如焚。超級市場中搶購物資的人潮，令人很恐慌。學生宿舍的女管家，六十多歲，天天愁眉苦臉。她在門前小空地種了些不知名堂的野菜，我問她種來作什麼？她說萬一缺糧，可用來充飢。她的行為，正好說明這種恐懼的嚴重。

當年所看電影，拍攝技術還很幼稚，和哥斯拉、超人大戰差不多，但內容卻的確充滿對自然變動的畏懼。據說這小說還拍過電視劇，今回重拍，有了最新的電腦科技幫助，效果一定超級驚嚇。

　　南亞海嘯，美國風災，天地震怒，已足夠警醒人類，全球都在危難之中。沉沒，已非日本獨家的悲情了。

　　沒有太多人提及《日本沉沒》，提到的多說作為電影來看，沉悶得很，電腦技巧也不見高明。

　　我去看的那一場，全院只有二十來人，中場我還聽到巨大鼻鼾聲。

　　一邊看，一邊思索，結論是：這是日本拍給日本人看的電影。

　　地層變動，火山爆發，海嘯地裂，早已是大和民族的千年纏身噩夢。關東大地震，年月在提醒，近期的阪神大地震，更歷歷在目。百貨公司中另設防災專櫃，與求生有關的大小用品俱全，日本人天天活在恐懼中。二○○六年重拍《日本沉沒》，只不過增加對國民的教育量。

　　小野寺與結城先後駕駛深海潛艇，完成挽救日本任務，最後壯烈犧牲，何異於神風突擊隊精神重現？小女孩母親蘇醒，為了要說一句話：「你要活下去！」孩子沒死去，日本人也活存下來。首相盼求助外國收容災民，一個死去，一個偷生外逃，最後，還得靠日本人自救，絕不能靠外國人！富士山在畫面上通紅——如果看過黑澤明的《夢》的觀眾，一定覺得眼熟。剎那間，復歸原來顏色，這個意象，在日本人心中，應該十分重要。

我記不起一九七三年的版本，有男女主角的愛情片段，大概日劇中愛情調味不能少，強加以討好青年人。

　　這是很露骨的教育片。

二〇〇六年九月九日

住友家之文化財

日本人愛把文物分成許多等級，依着它們的歷史價值，列作第幾號「國寶」、「重要文化財」、「文化財」。寺院的藏寶館裡，更有些本屬於中國的「請來文化財」，看到這五個字，再看看許多分散在各博物館裡的中國文物，就不禁想，如果再要分下去，大概還可以有「搶來文化財」、「買來文化財」等等。

在京都，説博物館的氣派，沒一家比得上在左京區的「泉屋博古館」。它也是一所私人的博物館，公開展出的日期，一年只有深秋時分的兩個星期，入場券絕不便宜，可是，研究中國青銅器的學者專家，或者愛好青銅器的鑑賞者，一定不會錯過這機會。

高踞在山坡上的博古館，完全是西式建築，由大堂轉入令人不知不覺間層層而上的展覽廳，設計得十分巧妙。展品安排在精緻特製鋼框玻璃櫃裡，角度適合的燈光，使展品的花紋體態更突出。一

件件商周青銅器，穩重而沉默，在玻璃櫃裡，顯示着數千年前，遙遠一個民族的手藝的光輝。在第一展室裡，有一個突出重點的展品，單獨佔了中央一座玻璃櫃，名叫「人面蟠龍雷紋鼓」。銅鼓，常見的該是平放的，但這個商代銅鼓，卻是橫放的長形鼓，敲的部分在左右兩邊，整個鼓身刻着人面和鳥獸，線條生動，真叫人心神凝聚。其他的編鐘、尊、瓿、鐸、爵、盤、鼎……據懂行的人說，都是一流的珍器，而依這些蒐集品印成的《泉屋清賞》圖錄，更受世界各國研究青銅器學者的重視。一路細意地看着；殷、周、戰國、秦、漢是歷史的流，是先民手藝智慧的光，可是，耳邊響起女說明員冷冷的英語：「這是我們家主人，在美國購入的……。」「這乳虎卣，相信是現今世上同類型器皿中的最珍品。」什麼東西一隔，把我跟那些流那些光都隔開了。她家的主人，是指日本財閥之一的住友家族。據說憑了他們的財力，大量購買了流在海外的中國青銅器，現在藏品總量已經超過五百件。「泉屋博古館」是他們值得驕傲的財產之一——所以展館大堂上，展品目錄就跟住友銀行各地分行的照片並列，這就是他們的「文化財」。

一九七四年十一月十七日

天理，這地方

三月一日、二日，在大會堂有一個「唐代管弦樂及舞樂欣賞會」，由日本天理大學雅樂部演出的。節目內容有些什麼，我不知道，但單是「唐代管弦樂」這名稱，就夠吸引力了。至於天理大學，更不禁使我想起：天理，這個奇異的地方。

那年，到了日本不久，便聽說離開京都不遠，有一所天理大學，圖書館裡藏着不少中國善本書。於是央求可以進出天理圖書館的朋友帶我去開開眼界。

天理，在奈良的南邊，是鐵路沿線上一個小城市。一走出火車站，就覺得：這個小城市怎麼這樣潔白，簡單？好像未完成的電影佈景。火車站小廣場對面，一排白得出奇的建築物，中間分出一條日本都市常有的賣物街來，但它卻是靜靜的，絕不像普通賣物街。街的兩旁，當然全是商店，除了日常用品，食物外，還有許多家天

理教印刷所，天理教書店，天理教佛具店，來往的行人，男女老幼，多穿上背部寫着「天理教」三個白字的黑色對胸短袍。一個城市，有許多人穿了黑袍子走來走去，我突然感到一種神秘而又不自在的氣氛。走不到十五分鐘，街已經盡頭，也就是説這城市中心只有這條街。前面寬廣的地面，聳着一座木色很新的大佛殿，正是天理教的信仰中樞，拐一個彎是黑色銅造大鳥居，再過去就是天理小學，中學，大學的所在地，而整個天理市，就差不多看完了。

大學裡的善本書果然多，每年出版《善本寫真》。有些什麼書，不必在這兒説，有興趣的可以到馮平山圖書館找《天理善本書目錄》看。

還是再説天理：這是個由天理教徒興建的城市，據説每人都要把收入抽一部分出來獻給教會。而每人每月也要為教工作幾天，主要是站在大殿前，替進入大殿的人抹鞋，和拿着鞋抽為參拜者服務。那天，就看見幾個蹲着，很仔細地把人家脱下來的鞋擦得發亮。據説天理大學會送出獎學金，讓外國人進去唸書，但條件是要信奉天理教，和替他們傳教。總之，天理給我的印象是奇異的。

一九七五年二月二十八日

寮母樣

寮母樣來了一封問候信，裡面卻附夾着幾片蒼白得可以的櫻花，為的是告訴我，她那株植在宿舍門前的可憐瘦櫻，終於也肯開花了。那年，當滿城櫻花放得如癡似醉的時候，每天上學，看她細意向只剩一身瘦骨的櫻澆水，我總帶點捉弄意味問她：「真的是櫻？」她就一定皺着眉做個痛苦表情。

寮母樣，是我們對宿舍管理人的稱呼，這個快六十歲的日本婦人，沒有一點兒老態，早起晚睡，把宿舍打理得十分妥貼，對我們二十個宿生也算關懷照顧。大概就因為過於關懷了，日本宿生有點討厭她，除卻嫌她老派外，恐怕就嫌她什麼事都問長管短。我倒沒有問題，語言不大通，是最好保障。只有兩件事叫我吃不消，一件是凡遇上我洗了頭髮，她總說捲了吹乾才好看，就熱心為我捲得滿頭髮夾，然後拿大吹風機往我頭上一蓋，二十分鐘才准走開。如此

下來半年，捱到頭髮真的長了，順理成章說直才好看，方脫離此苦，另一件是她老愛逼我嘗試她的「正宗」日本料理。據說為了禮貌，不能吃也得吃，不好吃也要硬說好吃，曾經眼看兩個法國女孩子為了不肯吃她的料理，吵得面紅耳熱，自己既不太怕日本食物，許多時候都會順她意思吃一點。但她往往有些不知道什麼名堂的菜譜，味道怪得要人命，好幾次吞得我滲冷汗。最後，朋友寄給我一瓶腐乳，我也逼她吃了一口，害得她趕忙漱口，經那次「失儀」後，她再也不逼我吃料理了。

她很老派，看不慣年輕日本女孩子的許多行徑。宿舍的廚房裡，總是日本女孩子最不守秩序，又骯髒又浪費，她怕給我們外國人留下壞印象，總是趕着為她們執拾。

當一九七三年搶購廁紙潮過後不久，有一天，我們看見她在小後園拔些什麼野菜煮來吃，不禁替她擔心。她一邊吃一邊說：「日本沒有足夠食糧了。妳們沒捱餓的經驗，練習吃吃野菜，是需要的。」這句話給我的印象很深！

一九七五年五月四日

京都雜想

曾暗自許諾：今秋不想京都。……

雨中嵐山？就很好奇，幾十年前的那個遊子，當深深擁住一襟山嵐後，有沒有沿着疊疊殘破石階，一面探看桂川源頭，一面不覺進入山中，到了大悲閣。

大悲，在深山藏起哀傷，鳥居倒塌，鐘樓殘損，只住一個曾到中國的老僧。他說：「哦！中國！我去過。」然後一笑，破了古刹的淒涼。和尚、寺院，雖然不在奈良，也兀自叫人想起鑑真大師。

那鑑真，當安祿山還做着河東節度使、平盧節度使的時候，已經在巨浪滔天中，帶了弟子，六次出國。苦得快要盲了，執住大弟子普照的手，哭着說：「為傳戒律，發願過海，遂不至日本國，本願不遂。」……唉！我只是個普通人，沒法了解「傳戒律」，有多大重要，會令他不辭艱苦，也要到這個小國來。大師，您教曉

了他們些什麼？……

回到水之湄，自然該想到渡月橋。月初升的晚上，自對嵐坊向着橋頭走去，迎面是棵千年老松照水迎客，就當下明白，沿着橋，不是到達彼岸，而是直抵月殿。那個築橋人，要在桂川住了多少時候？才發現橋必須由對嵐坊畔築起，如此便可直指新升的月，使橋不枉負渡月之名。這種詩的才華，是吉備真備由唐帶回去的麼？……

別忙着過橋，沿水邊走吧！樹下，不妨稍歇一下。抬頭看，一塊冷冷石碑臨川立着。「日中不再戰」，不必追問，碑上五個字在什麼時候刻成；應該問：五個字，要用幾許史冊才載得住？要幾許血才寫得完？唉！我只是普通人，怎懂得那些遙遠、深奧的故事。也千萬不要對我說，我怕聽了要流淚，怕聽了要記恨。誰要戰爭？我們從來沒想過要戰爭的。但多少人在戰爭裡死去？問我？不知道。去問石碑吧！

石碑豎在川畔，冷冷的不說一句話。……

今秋，我又想起京都。

一九七八年十一月十一日

·134·

大松式師傅

「鬼大松」死了！只有五十七歲，死於心臟病，大概為訓練學生，心血都用盡了。

提起大松博文，在日本，恐怕沒有人不知道，因為他親手練成一支「東洋魔女」女子排球隊，奪得奧運女排金牌，從此，使日本在世界排球界出盡風頭。「鬼大松」，是隊員給他的綽號，只因他訓練方法的苛嚴，手段近於毒辣，簡直像魔鬼一般。

在香港，如果不留心世界排球消息的人，也許不注意什麼「東洋魔女」、「大松博文」，可是，只要看電視片集《青春火花》的，都該看過他們的影子。其實片集裡，女隊員受的苦，遠遠及不上「東洋魔女」；教練的不近人情，也追不過「鬼大松」，但當年觀眾，已不少一邊看一邊說：「太過分了罷？沒有這樣恐怖的訓練方法罷？」

大松為了必須奪取全勝紀錄，為了成功，要求隊員不怕苦不怕死地天天苦練。多少人血淚和流，傷了又傷，屢傷屢練，才練就超人的好身手。儘管這樣苦，大松如此兇，但隊員卻從沒埋怨，因為她們的目標跟大松一樣，也深信：只有苦練才可成功。何況，大松雖然表面既冷又兇，內心卻處處為她們着想，在彼此同苦共甘的日子裡，感情也建立起來了。

　　「冷面熱腸」、「為求成功不擇手段」是大松式師傅的特點。這些特點，香港人大可從日本電視片集裡看到，幾乎所有教練、師傅、領隊、幹探首領，都同一個模子，而奇怪的卻是隊員、徒弟、手下，都死心塌地順從指導，正因如此，最後總能成功事業。

　　在我們眼中，這類人物不該真實存在，但大松和「東洋魔女」卻是個活生生例子。再看戰後三十多年來，日本在各方面的「成功」，倒不能不相信大松式師傅發揮的效力。

　　至於大松式師傅好不好？該不該拚命苦練？那就得看所定的目標正不正確，師傅是不是真心真意，徒弟認為值得不值得了。

一九七八年十二月十九日

大和的教室

我沒有寫錯題目！那不是阿久津老師的教室，阿久津真矢不是一個「人」！

在日本受歡迎的《女王的教室》，不是拍給香港觀眾看的。香港引起的討論，大都依從香港人思維、生活環境、文化理念而發，一切與日本人無干。

那套電視劇，的確依據真實個案而寫，但「真實」絕非指每一次進入教室後的情節，而是無數滲透在每集中，許多日本面臨的問題，那是大和民族在二十一世紀面對而又必須思考的問題。

最簡單而又最具體的當然是學生升學的競爭困難。他們叫每年升學試為「考試地獄」，家長又要考慮公立校與私立校的教育質素差異，分派學校的遠近等等問題，教師家長學生之間，關注與矛盾，主要也在這升讀公私校問題上。但最微妙的還是真矢這「教師」

的行徑與教育手法。當然，她的處理方法，在我們眼中好像很不合理，她不是教我們的，是教大和民族，這點十分重要。

每一次她說「你們醒吓啦」後的一大段話，才是主題精神所在。如果把這幾段話抽出來，就可湊合成一篇對人民的德育訓言，這珍貴理想品格指引，大和民族在二十世紀末以來，已經越來越遠離了。

日本教育重視由上而下的訓令，國有國訓，廠有廠訓，家有家訓，每級有領導，以極嚴厲態度對待下層，目的只有一個：以苛嚴手法逼令成員朝向他要達到的目標——日本百貨公司開店前，店員俯首受訓的場面，只是小兒科。這種近乎魔鬼式、不苟言笑的師傅，我們在日本電視電影動畫中，已經習見。六十年代的《青春火花》，黑澤明的《赤鬍子》和許多卡通片集都可見簡直不近人情的教師，他們面冷心暖，對下級施以魔鬼式壓力，而大和民族又肯完全無異議地接受。服從，由小至長，從學校教育、電視片集中，汲取了就成習慣。

《女王的教室》中的阿久津真矢的「惡」，與許多習見的師傅無異。唯一分別是個女性，這點很能反映日本社會對女性地位已提升了，其中還有三四個環節提到：單親家庭中女性的自強，女兒長大後家庭主婦重投社會工作，都極配合了目前日本社會實況需要。還有畢業歌一段，如果把新舊畢業歌歌詞比較一下，就明白日本想回到舊日的教育理想去，下一代帶淚含笑唱舊詞，日本觀眾一定深有感受。

自明治維新以後，日本已擅長利用文學、傳媒，特別用電影電視來教育國民，卻非硬銷如天天唱國歌。故我稱此片集為「大和的教室」。

二〇〇六年十月二十一—二十二日

日本教育動作

　　看到報上消息，日本首相安倍晉三上台後，積極提倡愛國教育及傳統價值，去年十一月國會已制定新法了，教育家強調「輕鬆教育模式已經失敗」，教育改革委員會更擬促請政府恢復體罰。這一切教育動作，我們不宜輕看。

　　我用了「動作」一詞，是想指出那是關乎日本國策的連串動作，而非純粹教育政策。第二次世界大戰前，日本厲行軍國主義的高壓式教育，儘管一直為人詬病，在許多電視劇集中，仍可見到「魔鬼式」老師的教導法。後來改行輕鬆教育理念——即香港所謂「愉快學習」。可是推行以來，毛病層出不窮，日本人實在擔心下一代人失去「鬥志」，或變成毫無人生目標的小霸王。經文部省與內閣官房長官、由專家組成的日本教育政策小組，不斷努力，才制定了一系列的新教育改革。於是我們看到《女王的教

室》，也看到剛推出的苛嚴改革。

　　算我敏感，這絕非孤立事件。二〇〇六年十二月日本通過把「防衛廳」升格為「防衛省」，並全面改造國防的「總裝備部」，修訂自衛隊的在國外活動條款，一切策略都朝向正式建軍的國防目標。愛國教育的重點必在苛嚴訓律，日本文化中，苛嚴守律精神，早已在戰後淡忘，如今重提，就是配合，故這一動作，比首相拜祭靖國神社更值得注意。

二〇〇七年二月十七日

櫻與劍

櫻

四月，一陣微雨，又一陣異常耀目的陽光，我忽然，想起櫻落。

那年，我推開書，埋沒在微紅櫻海中——櫻，不是成林，是成海的；枝椏柔柔自頂垂下，帶了粉紅得幾乎白色的重瓣花朵，比柳條更嬌怯，差點兒要觸到草地上，搖曳搖曳。

正看人間的歡樂，一片、兩片、片片，飄落在肩上襟上。驚訝這一陣風，如此忽忽。

紛紛自落，沒有別的花落得如櫻。她美，卻又如斯短暫，無聲飄落得有點冷不提防。花開花落，本屬尋常，但把櫻當作友誼象徵，那畢竟叫人難息牽掛。

劍

那年，坐在京都大堰川旁的石上，我聽到一個「斬切感」的故事。

正宗是鎌倉時代最著名的製劍匠，可是，他製出來的劍，卻好像總比不上徒弟村正的鋒利。

有一天，人們要試試師徒兩人的高下——製成劍器的「斬切感」，便把兩把劍橫放在河中，刀刃朝着上流，迎住隨水而來的落葉。

結果怎樣呢？人們都說徒弟修養還不夠火候。原來，碰到村正劍的落葉，都給斬斷了，但正宗的劍卻使落葉避開，繼續向下流漂去，劍到最鋒利的層次，已該超越斬切的範圍。劍可殺生，而不妄殺無辜。師傅早已鍊就這種富有人情味的利器，徒弟倒還擺脫不了「只不過是把很鋒利、可以逢物必斷的劍」的層次。

劍，必須鋒利，但要修煉得讓落葉避開，那比不常出鞘更厲害，恐怕也真要等到爐火純青的日子。

臨流小坐，彷彿就看見水裡躺着正宗劍，沒有一絲光芒，靜靜，有落葉自身旁漂過。

我崇敬，正宗的劍。

一九七九年四月三十日

舊帳

《慘痛的戰爭》這套紀錄片,「意外」收穫真多!

據說:在香港放映期間,賣座情況是「意外」的好,觀眾反應是「意外」的熱烈,甚至有人發現年青一代「意外」地具強烈愛國心。但想不到有人會當它是一筆「偽帳」。

據說,這套紀錄片九月要在日本上映了。而八月已引起了爭論——這紀錄片中「南京大屠殺」片段的真實性,於是研究中日戰爭的專家,歷史學者紛紛發表意見。有的說片中所見,日軍所穿軍服不似那個年代的式樣,有的說片中有些日軍面貌很像歐洲人,有的說用慢鏡頭是不合新聞報導的求真態度,有的說導演從外國圖書館檔案室裡找來的紀錄片,可能是偽造的反日宣傳資料,甚至有人說這是套「反日映畫」!更有人認為要拿出實物來,才算有力證據。看來,爭論的結果就是:這影片的真實性值得懷疑,日本人宜冷

靜、客觀去分析。

幾十年過去了，當年在敵人槍彈刺刀下犧牲的中國同胞，如今已肉腐骨枯。灑在南京，和許多受過蹂躪的土地上的血淚痕跡，也早已隨時光隱褪。我們又是個寬容的民族——今天，已客客氣氣地招待日本遊客，快快樂樂地購入數不盡的日本電器用品、汽車、中日友好的氣氛隨着鑑真和尚的精靈來來去去。那麼，我們能拿出什麼實物來作「南京大屠殺」的有力證據？人家有座靖國神社來拜祭侵華的「戰犯」，有個原爆紀念館來放原子彈下犧牲者的遺物。那麼，我們能拿出什麼實物來作有力的證據？

不願意回憶也好，早忘記了也好，結果只有一個：我們竟拿不出什麼證據來。

「慘痛的戰爭」，不是要我們翻舊帳，就算是翻舊帳也不是為了記恨，我們總有理由知道自己國家過去遭受的一切，我們總有理由從舊帳的虧損去計劃未來的收支。只是，竟有人認為用上無數生命寫成的一筆帳是偽造的，那就值得我們細心想想了。

一九八○年九月一日

書的貴族

　　書，而稱「豪華版」，逛過日本大書店的人，就覺得並不誇張。

　　憑着日本的先進印刷術、講究的製紙法，雄厚資本的出版社，要把圖書印得多豪華都可以。加上日本人經濟條件不差，又愛買書看書，書的銷路自然不成問題；不虧本的生意，總會叫有些商人肯不惜工本，以求更進一步。大概日本人不單愛看書，也愛「擺書」──這是我得到的印象，許多家庭都設書櫃，裡面總少不了一兩套很夠體面的什麼全集。既然要「擺」，裝幀、設計一定不能隨便：十冊、二十冊成套本，排列起來，才夠氣派。名作家、名學者的全集、《原色日本之美術》三十大冊、《圖說中國之歷史》十二大冊……豪華得驚人自然不在話下，連漫畫也出個十二大冊精裝本，就不由你不相信，它們全是聲勢十足的貴族。

今回，日本總領事館跟香港市政局合辦的「日本豪華版圖書展覽」，大概要在香港人面前，亮一亮書的貴族相。書的數量不多，可是合計起來的價錢，倒可叫人明白那貴族身份。其實，價錢多少，還不一定給人「貴族印象」，最主要的是裝幀和外形問題。且看擺在那裡展覽的《源氏物語繪卷》、《綴織當麻曼荼羅》，一套紫色緞花作封面，一套書角嵌了銀色金屬，開度大而特別，普通書櫃休想配得上它們。這樣子的書，一派生於深宮之中的氣勢，看起來實在有點不可親近。

愛書的人當然不會喜歡印刷、裝幀劣拙的書，但也不一定愛過分豪華的貴族。小小一冊書，如果內容風格跟裝幀配得好，攜在身邊，藏在架上，一樣有「屬於自己」的親切感。也許，初看到豪華貴族，總免不了有點嘖嘖稱歎的愛慕，甚至想據為己有，但真正要看要讀，就知道精美跟豪華，應該是兩回事。

無可否認，日本的書籍印刷，已經叫愛書人心服口服，只是近乎炫耀的豪華，就值得考慮了。

一九八〇年二月九日

「大文字燒」

　　夏，一定是個燃燒的季節。否則，我不會毫無緣由地，每逢夏，就禁不住想起「大文字燒」。

　　京都，四面是山。京都人在北面大文字山山坡上，用草和矮樹植成一個很大很大的「大」字；又在遙遙的對面，近金閣寺附近山坡植上另一個「大」字；此外，在不同方向的山坡分別植了「妙法」兩字、一艘揚帆的船、一座鳥居。

　　每年八月十六夜，他們舉行五山大文字燒，老京都會告訴你，站在一個好位置，可以同時看到五山的火燄。

　　夏的京都，像個聚火盆，熱在盆底，纏綿不散。晚上，人們穿了浴衣、搖着扇子間坐的場景，很常見。在京都，看見跟現代不合節拍的風貌，實在不必驚訝。

　　日落後，人們開始忙於找尋看燒山的好位置。

八點鐘，天色沉黑得剛可襯出五山的更黑輪廓；人也沉住氣，緊張得像等待一件大事來臨。驀然，大文字山的「大」字，像有一條火蛇自橫的左邊向右飛竄，嗖！已經竄成整個「大」字。人們把沉了很久的氣，拚命地爆成歡呼。然後，其他四山也燒起來了，火之始燃，光仍柔柔，但漸漸，鮮紅火色，發射着眩目的光芒。明白知道它正用不可衡量的速度搶向蒼穹，但凝神看它，只覺它嵌定在沉沉蒼茫中。五山齊燒，火愈燒愈霸道，整個天空，只存：「大」、「大」、「妙法」、一艘揚帆的船、一個象徵神聖的鳥居。地面上的人全神看這火祭場面，眼睛只閃着「大」、「大」、「妙法」、一艘揚帆的船、一個象徵神聖的鳥居。不知道什麼時候，歡呼聲沒有了，一陣夜風吹送，火突然旺得叫人有點不提防，還來不及驚呼，火已經弱下來。弱得太快，不是垂垂老去的那一種弱，是撒手就走那種弱。

偶然，幾點殘餘火光飛揚，夜空顯得更沉。五山更黑的輪廓仍是更黑的輪廓。

人們默默散去，如剛看完一個莊嚴的故事。

妙法燭天，究竟透露了什麼天機？……

燦爛原只一瞬，不執着存在的時間長短，燃燒，是大文字生命的完成。

燦爛原只一瞬，燃燒，是即生即滅……

在這夏夜，五山火光消逝，人們散去時，心境怎樣，就看各人對「燦爛原只一瞬」的想法如何了。

一九八〇年八月六日

京都短歌

您用剛學會的日語，柔和地説：「請您和我一起到京都去，好嗎？」

…………

且為您，寫下短歌八闋，從此我不再提起京都。

天滿宮梅開

不必卜問花期，據説年年總在二月廿五日。

沒有雪，我趁一輛公車，問了兩個路人，驚訝的是天滿宮如斯荒涼。幾樹寒梅，一帶憔悴顏色。沒有流水，就只怕，那幾株梅花，有夢也難到天涯。

清水寺櫻放

且上高台，不飲三線清泉，過客不求福不求祿不求壽。人說道：青山不老，每到春來，必泛起陣陣醉後微紅。

我在寺中，寺在山中，山在櫻霧中。但不覺暗香浮動，不沾一瓣落櫻，只因——遙遠。

平安神宮薪能

日落，於飛簷之下，竊去初夏黃昏應有的餘溫。殿角滲出微涼，高架鐵盆裡的薪火顯得囂張。

沒有帳幕，遂無劇始劇終。只有：嗚咽不成音調的歌聲散落，寬袍長袂凝重游移。面具後面該是一張怎樣的臉？蘭陵王當不在東洋史裡。

祇園囃子

坊眾的團扇搖曳出盛夏的姿態，男女的木屐敲響祇園祭的序曲。笛子、雲鑼、小鈸奏成單調的主題——祇園囃子。樂工坐在巨大的長刀鉾、山鉾上，單調的節拍卻含許多感恩典故。

花街盡處，有兩個老者，坐一張板凳，靜看通衢燈火。色冷，守口如瓶。

滿街之銀杏

天地忘情！忽然，滿街失戀神色。葉葉萎黃，如秋扇。一葉一聲，總關美麗的愛情故事。

那兒，有人焚葉，煙似惆悵的魂裊裊，到死也不離不棄。明年西風一起，又見傷情消息。

高山寺之楓

美酒傾樽，一山的楓都醉去。客來，站在崖上，各執一塊白瓦，擲向山下，然後許個再來的願，我拾幾片紅葉，藏在袖裡，也不題詩。

無願無諾，我即歸去。

鞍馬寺火祭

我翻起衣領，寒風中，不上九十九級青石台階。

今夜，人們不參拜洛北的守護神，只擎着如柱的火炬，瘋狂的吆喝奔跑。熊熊火光，閃着原始而蠱惑顏色。

我站在人群之外，看住幾點火星，自火炬甩出，濺在如墨的夜空中。

比叡山初雪

　　人們都說：趕快去看，比叡雖然孤高，但也相思，一夜裡，竟想白了頭。我且去，訪一訪這獨聳的山靈。

　　原來天地之間，就有一種易逝的東西叫做「雪」，比叡於是迷糊了，也使我這朝山者失路。

　　山中，有座法然堂，我尋到了，不上一炷香，攜本心經歸去，試悟色即是空。

一九八一年歲暮

抗議之外

　　日本竄改歷史，企圖隱沒以往一切侵略罪行，這是不可饒恕的。其實，日本對自己這筆舊帳舊債，一貫態度就是別具用心。竄改歷史教科書，也不是第一次，只是從前受害人都不作聲，他們就更理「直」氣壯地改下去。

　　教育下一代，教科書只是許多途徑中最簡便易見的工具，日本人不那麼笨，單用這工具。只要能教育下一代的方法，他們都不放過。舉個例說，一九八〇年九月，侵華紀錄片《慘痛的戰爭》在日本放映。但在八月，日本電視台早就推出一連串特備節目，主要請來中日戰爭研究專家，歷史學者向服從專家意見的日本人說明：這是「偽造的紀錄」。於是，有人說片中的日軍面貌太像歐洲人，日軍軍服不似那年代的式樣，甚至說那些紀錄片可能是藏於外國圖書館檔案室的偽造資料，更有人說那是「反日映畫」，要求受害人拿

出「實物」來，才算有力證據。

這件事，有人在香港報紙上報導過，可是，沒有引起什麼注意。日本青年一輩，從電視節目中，吸納了多少這類似的「教育」，我們還沒辦法一一查考和提出抗議。

歷來這慣技行得通，沒想到今次會惹來那麼高漲的反對浪潮，相信日本當局該有點意想不到。

無論這次事件結果怎樣，我們都必須注意兩點：第一，日本人竄改的雖然只是侵華史實，但站在人類公義立場，和堅守歷史原則，任何國家都應提出抗議。

第二，歷史教科書事件只不過顯露野心的一點端倪，我們在抗議之外，還該努力自強，只有不斷的警醒，自強不息，才能抵抗無止息的侵略野心。

我們不是個記恨的民族，但必須是個守公義、原則，不受外侮的自強民族。嚴正對待日本竄改歷史教科書事件，只是努力的開始！

一九八二年八月十日

輕薄短小

我竟然流行起「輕薄短小」來了。

像信用咭輕薄的電子鬧鐘，像打火機大小的收音機，摺疊起來可以藏在比手指魚條還要短薄盒子裡的老花眼鏡，這三樣東西，我天天都用得着，帶在身邊，一點也不覺負累。原來，「輕薄短小」的時代，早已悄悄地進入了我們的生活，而帶動這個時代的是日本人。

記得小時候家裡有座唱片機，掀起蓋子插上大手搖，又得把唱盤底部的小木門打開，讓聲音從裡面傳出來，整座東西大得像個木櫃，說多厚重有多厚重，如今整套音響組合才不過一個小手提箱那麼大小，隨身帶着的收錄音機小得像支筆。現在人人都講求方便，人口多地方小，輕巧的用品自然受歡迎。推動這潮流最力的是日本人，想來也順理成章，因為論資源論空間，他們都比別的國家着緊

得多，以他們的科技水準和創造改良精神，全力研究，當然可以「說有就有」。加上日本工藝一向以細緻見稱，與迷你科技製品配合起來，真是如魚得水，輕薄短小，完全適合日本的民族性。

最近看了一本書，「日本經濟新聞社」一九八二年出版的《輕薄短小的時代》，林之輝譯的，才忽然明白，原來自己早在不知不覺中活在輕薄短小的時代裡。這本書，據説一年內再版十次，而「輕薄短小」一詞，更在日本風行一時。書裡舉了許多個案例子，雖然都是日本人日常身邊事物，但在香港，日本製品實在太流行，因此，我們不會感到陌生。還有書中提供了許多有趣的知識和探討了一些我們忽視的概念，都很值得現代人注意的。我們實在該注意一下，輕薄短小的由來。

一九八六年四月十二日

告別厚重

　　流行輕薄短小，難免叫敏感的人產生杞憂。

　　在傳統概念裡，輕薄、短小都不是含稱許的詞彙，儘管它有點嬌小玲瓏的意思，但畢竟輕薄。人的個性、品味與時代文化、生活環境有着極密切的關係。世界上許多幅員廣袤，歷史悠久的國家，都講究重厚長大，表現了穩重、沉實、廣寬、博大的精神。且看那些國家的建築、器皿、用具的式樣，往往都給人這種感覺。雖然中國有薄胎瓷器，歐洲有些國家生產極薄玻璃器皿，但都不是人人常用的，不能當為主流形式看待。不必再討論人性影響了用具樣子性質，還是流行用具樣子性質會影響人性，總而言之，二者應存極密切的關係。

　　據專家研究結果，輕薄短小是工業高度成長時代過後，踏進穩定成長時代的象徵，顯示了人的生活趣味變得輕鬆，社會也開始瀰

漫着「不全力以赴，也沒有什麼關係」的氣氛。生活變得輕鬆，當然是一件好事，但「不全力以赴，也沒有什麼關係」，那就很成問題了。假如，「沒有什麼關係」，是人的精神面貌，正面說可以是「淡薄」、「不計較」，反面說可以是「輕浮」、「不認真」。就人性發展看，趨向反面遠比正面為易，如此，怎不叫人擔心？

　　器皿用具，有些輕薄短小，還是有吸引人的優點，但，人的感情個性輕薄，眼光志向短小，就不妙了。日本民族性充滿矛盾，他們用具輕薄短小，對國家、工作的感情態度，卻一點也不「輕薄」，日本人幹起事來，全力以赴，把最卑微的工作，也當成重大事業般看待，對未來有長遠計劃，一點也不「短小」。現在他們把輕薄短小推行到世界各地，怕只怕我們沒有那種矛盾特質，於是，一切都與厚重宏大告別，那就「中計」了。

一九八六年四月十三日

想起一個日本人

想起一個日本人，可是連他的名字也忘記了。

一九七三年在京都，祇園祭的前夕，是個熱鬧看會景擺設的夜裡。第二天要上街巡遊的大「鉾」（兩三層高的架棚，像花車的東西，有樂隊和古裝人物在上面表演，日本人叫做「鉾」）停放在大街，遊人可以買票到鉾上參觀。我和幾個年輕台灣留日生正在鉾前商量，要不要花錢上去看看，一個日本老人站在我們身旁注意聽了一回，就對我們說：「哦！中國學生，歡迎你們，我請你們上去看罷！」還沒等我們反應，他已跑去買票。紅潤而帶着和煦笑容的臉，溫和的聲音，叫我們竟無異議地接受了他的邀請。

那真是一個快樂的晚上，他詳細一一為我們介紹京都祇園祭的風俗，宛如老祖父帶了一群小孫兒逛大街的樣子。臨別的時候，他邀約我們第二個星期天到他家裡去玩，並囑咐我們回到宿舍就撥個

電話給他，免他掛念。在異地，這種囑咐是令人心暖的。一群人中，我年紀最大，顧慮不免多些，香港人也不慣接受陌生人好意，就提議還是不要去打擾了，其他人卻認為不該這樣無禮，老人家想是太寂寞，想跟中國年輕人交朋友，我們受了人家的好意，也應趁拜訪回送一點禮物。為了這個緣故，我只好同意。

一個星期裡，我們張羅禮物，窮留學生買不起名貴禮物，而且大家都希望送一份中國色彩的紀念品，於是只好從自己行囊裡打主意了。結果，我們帶着：佛山細工剪紙、台灣蝴蝶標本、烏龍茶葉、魯迅詩句對聯組成的禮物包，在一個晴朗星期天早上，依着地址，到京都郊外住宅區，去拜訪那個溫文和煦的日本老人。我們大夥兒認為一定可以好好玩一整天，心情十分暢快。

那是一所典型的日本小宅，明淨舒服，他和太太很熱情地招待我們。舊式日本主婦奉茶遞巾的殷勤禮節過後，我們開始聊天。當然，先由我們一一自我介紹，他很留心聆聽着。小曾說她在京都大學唸藥劑，父母在台灣當醫生，話剛說完，日本老人眼神露了異樣光芒。「我也是唸醫的，在大學裡當教授，退休下來好多年。我也有中國籍的學生。……中國，我去過的……。」他突然低下頭來，但很快又抬起頭，仍然一臉笑容說：「來來，吃點東西。」

上了年紀的日本人到過中國，一點也不奇怪，我想，大概是個軍醫吧！我在日本一年，盡量嘗試學習把侵略中國的軍國政府和小民百姓分開對待，不要把國家仇恨混到普通人友誼中去。

午飯後，他捧着一大堆照片冊給我們看。「那是我的兒子，那

是我的孫子……」通過一冊冊照片本，我們認識他的家人、生活。我選了一本最舊最破的翻着。裡面的照片都發黃了，也有些褐色的，照片裡的人衣飾古老，那應該是他最早的歷史紀錄了。孩提時代、小學畢業、中學……大學……一頁一頁翻下去，突然，我看到「瀋陽」兩個字。穿了白袍的日本人站在醫院門前，另一張是站在一座好像倉庫的旁邊。「你在中國東北當醫學教授？你在瀋陽？」我兀然的站起來，高聲大叫，這無禮動作，連我自己也毫無準備，大家被我這突如其來的叫聲愣住。他顯然也感到意外，大概當時我的表情很兇，遲疑一陣，「是的。……但，我的學生許多是中國人。……」

往後，我和他都顯得很沉默，年輕的台灣人並不知道發生了什麼事。但我相信，我們兩人同時想起一件件歷史事件，而他應該想得更多更深，因為當時他在那兒。

那是一個不快的下午，到如今，我連他的名字都忘掉了。

一九八九年一月廿日

石原是誰

誰是石原慎太郎？

他在日本是鼎鼎大名的政治家，著名作家，日本眾議員，被譽為「次新一代領導人」。

在香港，如果不是他忽然又重提「南京大屠殺」是捏造的事件，恐怕不會有多少人認識他。

在美國，政客和大企業家都多和他交過手，領教過他那狂妄與自負的行為。他和新力電子公司董事長盛田昭夫合著的一本書：《日本應該可以說：「不」》，去年成為轟動日美的暢銷書。他倆的態度，挑起了美國對日本更多的恐懼。

在這本書裡，我們可以看見石原慎太郎對超級大國如何看不在眼內，處處挑釁，把美國罵得體無完膚，更重要的是：明明是日本經濟已經強暴地入侵了美國，美國有了保護政策，乃是理所當然，

他卻大罵美國「攻擊日本的根本原因在於種族偏見」，認為第二次世界大戰，美國只向日本扔原子彈，而放過了德國，就是最佳證明。他又列舉許多精密生產技術的成果為例，說明「無論美蘇怎樣擴充軍事力量，如果日本停止出售集成電路塊的話，必將使其擴充軍事計劃成為泡影。」他認為就科技發展，各種企業的興盛，「白種人開創的近代文化已越來越接近尾聲。」「在很大程度上將要取美國而代之的，竟是在他們來說很不值一提的，且是有色人種的日本。」他得出的結論是：當年遵照日美安全保護協定來保衛日本的美軍──「一條看家狗」已變成「瘋狗」了，以目前日本的興盛，「應該乾乾脆脆地向美國說一聲 NO」。

我抄了一大堆此人的話，只想讓不知石原是誰的人有個大概印象。不要忘記，他快要成為新一代的日本領導人了。

一九九〇年十一月二十八日

石原的話

誰可以向強國說「不」？

那只有狂妄瘋子，或實力超越強國的人。日本人，就可以向美國說「不」。石原慎太郎數落了美國的許多不是，由一小塊集成電路到波音客機到地對空導彈，美國都無一比得上日本，他得出「我簡直是不得不認為美國這個國家要完了」的結論。

國際政治，誰來當大哥，決定在誰掌握尖端科技，和經濟大權。日本人能夠放膽直言，暢所欲為，就是自信可當大哥。連美國也不放在眼內，對中國，說「南京大屠殺」是捏造出來的，又有什麼稀奇？反正，再說些什麼入不得耳的話，中國領導人，看住幾十億捐款的面上，還會「熱切」握着甲級戰犯的手——當年殘殺數之不盡中國同胞的手，連連說「好朋友」，「大好事」。至於釣魚台，日本人動了心，我們還有什麼話可說？

石原雖然狂妄自大，但有些話，我們倒該注意，因為深有教訓意味。例如他説：「該反抗的時候不反抗，不僅會被人看不起，還會助長對方的種族偏見。」例如他説：「手裡明明有一張可以説NO的硬牌，偏偏不打出去，這種失敗真是悔之不及。況且對方並無絲毫感激之心，只是更加明目張膽地進行新的恫嚇。」

　　當然，我們對他有些話，更是觸目驚心：「日本在從經濟方面、政治方面加強控制時，還應加強在東南亞的政治戰略，具體説，就是應該怎樣苦心培植亞洲，以便日本與其共生存。」那不就是當年「大東亞共榮圈」的當代版本嗎？

　　石原還説了一句令我看後，寒氣自心底冒升的話：「日本人甚至能把殺人的武器昇華成藝術品。」這真是他肺腑之言，就不知道我們國家的領導人有沒有聽進耳裡！

一九九〇年十一月二十九日

日本次文化

有人擔心日本次文化對香港青年人有巨大影響，我說：放心好了，香港青年性格，絕對不會受得住日本次文化的精神，甚至可以說，他們根本不懂得日本次文化的真正意義，因為他們沒有日本民族的根性。

聽聽日本歌，迷上日本歌星，掛滿少男少女的護身符，愛看日本漫畫雜誌……那算不了什麼影響，因為那只是非常皮毛的愛好而已。香港青年根本不知道那些事物對日本新一代的真正意義，人家的次文化仍然依據民族性發展出來，玩起來自有親切感受，好壞影響最後還是回歸大和民族本質。我們的青年人，玩膩就扔，流行熱潮一過就忘，個性依然故我，除了花費金錢，買來一時之快外，可以說毫無精神上的影響。

日本歌迷崇拜歌星，但歌星本身卻必然具備日本人特質，才成

偶像。日本電視傳媒，除了宣傳歌星的歌舞外，還不斷宣傳歌星生活如何日本化——遵守傳統風格，恪守孝道、婦道，強調勤奮向上精神……所以女歌星結婚後就得守婦道，山口百惠也得退出歌壇，陳美齡紅透半天，結婚後突出家庭和洽形象，她帶着兒子去辦公，曾引起社會評論，幸而近年日本婦女社會地位已日漸提高，她又説帶兒子去的地方很正派，其中包括去大學講學，才平息了惡評。日本歌星成了偶像，對青年歌迷來説，也成了導師的意味，香港歌迷就看不到這一面。

日本少年掛得滿身叮叮噹噹的護身符，也各有出處：出自日本傳統神話、廟宇神祇、地方祭節、流行卡通……他們知道護身符代表的意義，他們深信不疑，心理上是真的依憑了這些東西，與香港人「貪得意」買來掛上，完全是兩回事。

至於漫畫卡通，對日本人的影響就更大了。從小到長，幾乎都給這類文化熏浸得通透，日本卡通漫畫的個性，就是日本人的個性。機伶小和尚好施妙計，解決各種疑難。各色具有人性的機械武士，堅強對抗敵人，不屈不撓爭取勝利。對師傅式的領導人絕對忠誠不貳等等，成為永恒的主題。火頭智多星，深思苦慮，在技藝上大顯身手，誓要打倒對手——每次都在絕境中，想出改良傳統烹飪方法，就能絕處逢生。改良舊法，創出新招，正是日本人求生妙法。競爭不息，也是日本人戰後強盛，可以對美國説「不」的條件。部分渲染暴力色情，何嘗不是大和民族的潛在因子？香港人看日本卡通，看了又如何？從中汲取多少教訓？

許多香港人看日本卡通片集，總以為那些忠誠、奮鬥、苦練，都不過是誇大其辭，與現代化的日本人無干。最近電視放映了一套日本壽司店的學徒生涯紀錄片，就足夠證明九十年代的日本青年，仍然服從：忠誠、奮鬥、苦練的格律。那幾個青年，到著名壽司店去當學徒，早起遲睡，苦練一年，也只不過在廚房裡洗碗洗盆，臨睡前還得恭恭敬敬向老闆鞠躬道晚安。看來受盡折磨，有點像進少林寺的情節。這種生涯，如何是香港青年一代受得了的？片集與實際生活，互為表裡，才發揮了影響作用。香港青年，就算他把日本卡通看得滾瓜爛熟，也不會受到裡面的教育影響。也許，學得人家不三不四的表面行徑，潮流一過，就什麼都沒有了。畢竟人家的文化，與我們無干。

　　容我說一句可能過了頭的說話：如果香港青年真的受日本次文化的精髓影響，學得日本人的執着認真奮鬥等等特質，那就太好了！

一九九一年十一月十日

劍已在腰

八月中在日本，從夜間電視節目裡，看到許多「日本派兵海外」的話題。

由「自衛隊」變成「軍隊」，只是正名的手續而已。自日本戰敗以後，美國表面對日本武備軍力的質量諸多限制，骨子裡，日本的自衛隊發展成了實力雄厚的隊伍，恐怕也不是什麼秘密。

大和民族的武士──現代武士，是怎樣子的？外人卻知得很少。

忽然（？）通過了日本可派兵海外，就是說隱藏了幾十年的大和現代武士可以名正言順向世界亮相，對日本人來說，實在值得興奮。電視上，長達一兩個鐘頭的座談會：成年人的、青年人的、中學生的，結論總是贊成派兵海外。全套美式裝備的日本軍官已作先頭部隊到了柬埔寨，特派記者緊隨採訪，讓這群人成為電視熱點。

身材雖然短小，神態卻軒昂自信的日本軍官，夾在高大的聯合國維持和平部隊的指揮官中間，毫不失色。小隊海軍陸戰隊在操練、熟習海外戰地環境，好像真要打仗似的。儘管有人認為：日本人一向做什麼事情都煞有介事，我們不必對他們的表現太認真。可是，看軍人們的表情，卻令人不放心。簇新的軍靴，有力的踏在三島以外的土地上——四十年前，日本軍隊曾經踐踏過的土地上，似乎在説：「我又重來！」

緊接下一個節目是幾十年前的「少年特攻隊」紀錄片。詳細介紹了神風隊員訓練過程，突擊前五分鐘前寫的遺書。斗大的字，玉碎精神、丹心報國、忍耐⋯⋯如鐵鑄的呈現在熒光屏上。

大和武士劍已在腰，已擺成出鞘的架勢！我們國家，卻「溫柔」得連幾個小民示威抗議日皇訪華都不准，唉！

一九九二年九月二十三日

靖國神社內外之1982

內閣總理大臣祭「英靈」

　　一九八二年——日本戰敗後三十七年，八月十五日——日本無條件投降的日子，我在東京靖國神社大鳥居下看到的景象：

　　來自各地不同組織的青年團體，派來了插滿旗幟、標語的專車。代表各單位的青年人穿上類似軍裝的制服，頭額紮着紅日當中的白布條，有些在紅日兩旁分別寫上：「愛國」或「憂國」兩字。他們面容蕭穆，列隊操向神社。

　　五六十歲的老人在鳥居兩旁擺下長桌，樹起橫額，請人簽名支持：要求政府今後要公式參拜靖國神社的「英靈」，他們臉上一片和平神色，向着行人特別是青年人派發宣傳單張。

兩個和尚持着標語——要求和平的標語，默默站在路旁，沒有人停下來看他們一眼。一個穿普通服裝，卻戴日本陸軍軍帽的青年人，撐着巨大日本旗，動也不動站着，沒看見他要求什麼，八字型鬍子遮不住他充滿憤怨的表情。

　　大木門下，站了一個全副海軍軍服、別上許多勳章的人，十分神氣，許多青年人爭着為他拍照。

　　一群群穿着黑衣的婦人，特別是老年人，從祭壇走出來時，都在輕輕抹去淚痕。

　　十二時五十五分，日本人肅靜站在汽車通道兩旁，年青幹探虎視着人群，我輕輕移動一下攝影機，有一個人就瞪住我。首相鈴木善幸坐在汽車裡，筆直坐姿，沒有笑容的臉，都是典型日本人的風格。今回，他用「內閣總理大臣」身份來參拜他們的「英靈」。

　　偏殿正舉行「台灣軍人殉國慰靈祭」，穿黑衣的寡婦、胸前飄着粉紅彩球的軍人後裔，靜坐聽僧人唸經，我在簽到處探頭看看，一個老頭兒趕忙跑來問：「從台灣來的？」

　　從早上到下午，參拜的人絡繹不絕。靖國神社外，青年團體專車離開時，擴音器播出雄壯軍歌，絲絲細雨中，日本軍旗飄飄。

圖書中心辦戰史書展

　　東京鬧市中，一間著名圖書中心，由八月五日至九月十一日，舉行了「滿洲事變及太平洋戰爭的戰爭記錄」圖書展賣會。展出圖

書達幾百種，其中最觸目一套：「大東亞戰史叢書」，共一〇二卷，由防衛廳防衛研修所戰史室著，朝雲新聞社發行。全是軍方或參戰人士的當時實錄，其中《香港‧長沙作戰》也佔一卷。另一套「昭和軍事史叢書」，由芙蓉書房出版，其中《東條英機》獨佔一巨冊，《大本管機密日誌》、《關東軍作戰參謀之證言》、《昭和名將錄》等，都是極詳細的史事紀錄。如果嫌上述各叢書偏於資料而缺趣味，則小學館出版的《昭和之歷史》全十卷，就適合一般人口味。每日新聞社出版的《戰爭文學全集》又可滿足文學愛好者的要求。此外，戰爭漫畫、圖片冊更不可勝數。許多書都是一九八二年七、八月間出版的，有些一九七二、七三年出版的舊作，也在此時再版。關心歷史的日本人，可以隨意找到自己想看的資料。

目前了解日本是首要之務

我考慮了很久，該怎樣寫這次在日本的所見。終於，決定了上面的寫法。希望這些很表面化的敘述，能呈現日本人目前某種心態和社會情況。

自從日本政府把東條英機等頭號戰犯靈位奉入靖國神社，我就覺得靖國神社是個最能顯示日本侵略野心的溫度計。雖然，我們無權干涉人家怎樣侍奉「英雄」，可是，他們那些「英雄」，卻曾欠下我們千萬同胞生命的債，那就不能不注意了。儘管，我們不是個記恨記債的民族，多少年來，「以德報怨」一句話安了自己人的

心，而從前這筆帳，怎麼算也算不清還不了，但擺在面前的未來日子，總該好自為之，了解日本這個鄰國，更是首要之務。

只有自強才能自救

　　許多人都認為，這次竄改教科書事件，無論日本反應怎樣，對年青一代還是有「好」處，因為最低限度挑起了青年人讀讀歷史、找尋史實真相的慾望。這點，對日本青年來說，的確毫無困難，深的淺的、正面反面的資料都隨手可得，但香港青年人就沒有這種方便了。「知己知彼」，在認知過程中，我們畢竟還做得大大不夠。如果，運動只停留在開開會、喊喊口號、唱唱抗戰歌曲的階段，激情豪情很容易冷卻。（一九四八年中國和香港都有過一個大規模的「反扶日運動」，可是，也在開開會、簽簽名、遞宣言的一番行動後，沒聲沒影，而日本就如此一直默默地強大起來。）這絕不是對付野心強鄰的好方法。

　　我跟一個日本教師談過歷史教科書問題，他毫不考慮地說：「我要告訴學生一切歷史真相。」許多書刊內容，也反映了：日本也有許多深明大義的人，他們並不贊同政府的做法。但我並不認為這就值得安心，不是以小人之心來看待日本人，而是我們必須清楚，日本人是群性很強的民族，在國家整體中，日本人會失去「個人」。現在「無事」狀態，他們還會個別地表示自己的意願，一旦「有事」，他們會毫無異議投入整體行動中，而在他們立場說，這也

是應有的本份。因此，我們只有自強，才是自救的好方法。

　　香港是個可以客觀研究、了解日本的好地方，香港人今次自發的反對竄改教科書行動，表現了獨特的愛國家愛民族精神。但願這些行動和精神發展下去，不會變質，而是更具體的發展積極方向，作長期反侵略的基石！

一九八二年十月

靖國神社內外之1992

十年前後

一九八二年八月十五日，我站在東京靖國神社參道上，看日本首相鈴木善幸以「內閣總理大臣」身份，正式參拜他們的「英靈」——成為一九八五年中曾根康弘以首相身份參拜的伏線。那一年，還有「竄改教科書事件」正鬧得如火如荼。回港後，我寫了一篇〈靖國神社內外〉，文章中我這樣說：「靖國神社是個最能顯示日本侵略野心的溫度計。」

一九九二年八月十五日，我又站在靖國神社參道上，這回，首相宮澤喜一、內閣官房長官都沒有出席，卻有十五個內閣大臣來參

拜。今年，是「中日邦交正常化二十周年」，是日本國會通過日本可以出兵海外，而自衛隊已經正式成為聯合國維持和平部隊一份子，踏足島國以外的東亞土壤了。回港後，我仍要寫一篇〈靖國神社內外〉，老生常談，一晃十年，仍然要談，也不知談到何年何日？

八月十五日，上午十一時過後，上了年紀的日本男女，穿着黑衣，紛紛朝靖國神社走去。參道旁小攤陳列了參拜用品和紀念品，其中最觸目的是寫上「萬古流芳」四字的紙扇。

高校生、少年團隊到祭的人數，跟十年前沒有多大分別，但顯著不同的，是退伍老軍人隊伍增加了。他們許多穿上全新的軍服，意氣昂揚的、在軍官及旗手領導下，列隊操到神社前，吹響軍號，舉槍致敬。「大日本帝國海軍」的字樣在他們的帽沿閃着金光，穿便服的也雄赳赳唱起昔日軍歌。有一小隊擎着一支殘破不堪的海軍軍旗，引來不少人拍照，而老人也沉湎在昔日的「光榮」中。

在那些老兵隊伍之外，有一小隊人很特別，有男有女，有老有少，手持白幡，說明反對日皇訪中國謝罪，他們臉色凝重——十天之後，他們大可一展歡顏了，因為中國政府保證了「無意令日本尷尬」，日皇不必道歉，謝罪更不用提了。

十二時正，號角吹響，全社內外人群在軍令口號中，肅立默哀。老年人仍不少在悄悄擦眼淚。參拜禮成，人群慢慢離去，但臨時書攤還擺在那裡，《日本無罪論》，仍有顧客。

激動昭和史料

逛書店，最能看得出一個地方的文化面貌，神田書店街，依舊沉沉實實開在那兒。八重洲書店中心、丸善總店、紀伊國屋書店仍然人山人海。今年，看來日本人正流行着恐龍熱、舊地圖熱，還有易經、星相書刊也擺在當眼處。八重洲書店中心設了專櫃，太平洋戰爭史籍和戰爭錄像盒帶，是重點展出。

走過的書店，都看見世界各國、日本本土的舊地圖複印本，但在一個不顯眼的角落，卻發現了令我驚心動魄的東西：《激動之昭和半世紀史料》。

那是一套日本人繪製的地圖複製史料。自八十年代初就陸續出版了，到目前共印了二十五種：全是日本三十年代侵佔東亞各地的地圖，其中除了中南半島、朝鮮、平壤、東亞全圖外，其餘都屬中國境內的。

從前聽老一輩人說，日本人畫的中國地圖，比中國人畫的更要詳細。打開一九三七年日本人繪的《大上海新地圖》，我真激動得手心冒汗。

滿洲、新京、奉天、哈爾濱、大連、旅順……一頁頁，都屬於人家激動之昭和半世紀史料了，日本人真是念茲在茲！

我想買滿洲、哈爾濱地圖，都脫銷了，也許，東北情意結還牢牢在日本人心中。

怎麼辦？

八月二十五日，中日兩國政府同時宣佈日皇皇后接受中國邀請訪華，一切為了睦鄰友好合作！侵略、屠殺、慰安婦問題⋯⋯比起目前經濟政治支援的需要，已經不再重要，「中國無意令日本尷尬」，又一次「以德報怨」。

八月三十一日，香港重光紀念日，電視播出街頭訪問，年輕人若無其事地說過去的事何必再提。他們知道多少過去的事？他們有找尋歷史真相的慾望嗎？他們不知道，所以不激動。我們該責怪誰？

中國人，平平靜靜讓一切過去！

日本人深切知道過去的光榮與恥辱，靖國神社內外，滿是大東亞激動之情！

怎麼辦？

日本戰敗四十七年後，可以驕傲地對美國說「不」。中國戰勝四十七年後，也可以對日本說不——不必道歉！

我彷彿看見東條英機的陰魂在靖國神社內外微笑。

怎麼辦？

一九九二年十月

人家的忠靈

手邊有一本很特別的日文書：高神覺昇著《靖國の精神》，昭和十七年（一九四二）六月東京第一書房出版，印行二萬本。

一九四一年十二月，太平洋戰爭開始，日本的「大東亞共榮圈」意念呈現，這本書出版於半年後。內容大力宣揚日本精神及歌讚為國捐軀的忠靈。其中一篇就叫〈靖國の精神〉，副題是「贈給忠靈遺族」的，強調「血為國家流」，日本人應該發揮靖國精神。他們把為實踐靖國精神而犧牲的人尊為「忠靈」，因此在侵佔香港時期，金馬倫山上，也建了忠靈塔。東京的靖國神社就是祭祀人家的忠靈的，當然人家絕對有權去參拜，但想到人家的忠靈，多是侵略別人國土而犧牲的人、甲級戰犯，而現存的人又竟引以為傲，我們受過侵略的國家，不是該提高警覺，自強戒備嗎？看到德國人為曾殘殺猶太人的行動，深深懺悔：國家元首向猶太人紀念碑鞠躬，

保留境內囚禁虐殺猶太人的集中營，重金在柏林建造猶太人紀念堂，這與日本人參拜他們的忠靈，對比十分強烈，實在值得深思。

　　這本書還有一個特別的地方，就是它屬「香港市民圖書館」藏書，鈐上圖書館藏書印，附有借書紀錄卡，卻沒有香港市民借閱過。「香港市民圖書館」成立於一九四四年，這本書大概在此年到港。它記載了日本的心態，也有了香港淪陷的印記。

二〇〇五年八月十一日

靖國神社的陰魂

抗日戰爭勝利六十年了，一連串活動提醒我們許多驚心動魄的歷史記憶。

八月十五日，是日本戰敗、無條件投降的日子，小泉純一郎到靖國神社參拜，又會成為新聞焦點。我不知道有多少中國人曾去過靖國神社，特別是在八月十五日那天去。

六十年代末，左舜生老師告訴我：「你要去看看靖國神社，你就深刻理解日本的侵華意識，是多麼入骨。」遲了二十多年，我才第一次去看，果真步步驚心！

一九八二年八月十五日，一大清早，靖國神社參道外，已停滿不同組織的專車，旗幟標語飄揚。青年人頭紮紅日當中的白布條，上面寫着「愛國」、「憂國」，活像三島由紀夫。老年男人穿上當年軍服，領頭的撐起破舊軍旗、簇新國旗，一臉肅穆列隊進入神

社。在正殿外，人們肅立唱《君之代》。印象最深莫如人人臉上那種切齒不忘的憤怨表情。整個上午，穿黑衣禮服的男女老幼絡繹不絕，簡直是件頭等大事。

為什麼我選那一年去看？是因為那年香港人首次發起「反對日本竄改教科書」行動，激發我要實地去了解一下。站在靖國神社裡，我深深感到侵華野心陰魂不散。回來寫了一篇長文，說「靖國神社是個最能顯示日本侵略野心的溫度計」，日後許多事件證實果真如此。

二〇〇五年八月十二日

舊時衣冠

憂天

　　抬頭看，冬季夜空，獵戶座襯着天狼星，閃閃發亮。

　　宇宙間，究竟有多少星球、星雲、星團存在？這無盡數星際故事，亘古以來，牽住了天文愛好者和文人的心思。它們千萬年來，依着自然軌道，運行變化，在奧秘中仍算有跡可尋。但加上四千二百多件人造物體，情況會怎樣呢？

　　前些日子，有人憂慮黑洞危機，我倒沒多大擔心，似乎那是很遙遠以後的事。不久，看到一則天文消息：據北美空防聯合司令部發表：目前浮游在太空的人造物體——包括人造衛星，爆炸後的太空船殘骸，就越過四千二百件。不禁定一定神，想想：這會不會搞亂了太空秩序？但，人間秩序已夠叫人心煩，還要憂天？一下子，也便淡忘了。

　　最近，一連兩宗新聞，又重撩憂天之念。蘇聯無人駕駛太空

船，把應用物資送到軌跡太空站「敬禮六號」後，便自動脫離，在太空運行，然後自我爆炸毀滅。不夠兩天，載有強烈放射性燃料的核子人造衛星，在加拿大西北部墜毀。

當然，也許在事後，科學家會安慰我們說：「一切很安全，不用擔心。」專家的話準沒錯，於是人又安心忙目前生活去了。善忘和無奈，使人類依舊活下去。

短視、只顧拚命向前，帶給世界的災害已經不少，「污染」是個好例子。不是沒有先知，敏感的人：有良心的科學家、寫科學幻想小說的文學家，都發出警告。只可惜，通常，先知總扮演受揶揄的傻瓜角色。

不是反對科學，但什麼事情，失卻節制都危險。

耿耿星河，運轉的規律，已十分複雜，能不能耐得住一批又一批的太空垃圾干擾？聰慧自命的人類，早對「天」失去敬畏，但會不會因此與「天」同毀？

天狼星仍在閃閃，唉！好一個杞人！

一九七八年一月三十日

盆栽

　　只怪自己一時「雅興」，相信了「盡收林木歸籠下，全貯湖山在苑中」的說法，買回來兩座小盆栽。幾個月下來，卻愈看愈難過。

　　當初，在盆景展覽場裡，千挑萬選，既要價錢不貴，又要樹姿入眼，好容易才選中它們——一盆羅漢松、一盆榆樹，都盛在宜興小盆裡，只有一掌那麼高，果然有些古勁味道，便滿心歡喜捧回家去。

　　放在窗下桌前，改卷看書久了，眼有點倦，抬頭細看，總算聊當山林之趣，調劑一下。

　　天天給它們澆水，不免湊近多看幾眼。這兩棵「樹」——只有一掌高，有幹有枝，葉子也綠油油的，不能說不是「樹」，硬要說是樹，又似不合常理。（那有這樣矮小的植物管叫樹的？）為了表

現古勁姿態，栽種者用鐵線密密紮在枝幹上，強迫樹形依隨人意改變，於是「樹」也乖乖左盤右曲，遠看的確有「老樹虯枝」的妙處。葉子嗎？大概根植得穩，水分也足，空氣似乎也沒有什麼不適宜，於是該有葉的地方都長了葉，蒼綠得很悅目。沒有誰敢説：這是欠缺良好生長環境，受了委屈的樹。

恐怖和淒涼，都盡在這微妙處。

樹的本身，沒有選擇姿態的機會，甚至根本不知道原來該有選擇的權利。由於慣受鐵線的擺佈，又很「自然」的跟着生長，還以為自己很自由地活着。有什麼比受了擺佈束縛，還以為很自然很自由來得更恐怖？更淒涼？萬一，樹醒覺了，要求自由，順自然姿態活下去，栽種者大可理直氣壯地説：「誰不給你們自由？生命掌握在你們手中，你絕不可能要求別人給你生存權力，自己爭取呀！何況，看來葉繁枝茂，不是活得好好嗎？水分、土壤、陽光都充足，還埋怨幹嗎？」有什麼比自己不爭取生存權力，人家又説你活得十分適意，來得更恐怖，更淒涼？

唉！天天對着那盆栽，好難過！

一九七八年十一月二十七日

重燃此火

一般香港學生都不愛發問,相信這是老師得承認的普遍現象。

其實,人類在思考和學習過程中,常常產生疑問,是正常狀態,香港學生不會無端地失卻這種生疑發問的「本能」。追究起來,成年人該負很大的責任。首先,是家長方面:不知道什麼原因,中國傳統式的家教,是不大容許子女問「為什麼」的。正當孩子好奇心萌發時期,那怕是一滴露水,一顆星星,甚至一下脈搏跳動,都觸發他們無限的疑問。在家裡,問的對象,自然是父母、兄長了,但通常得到的不是圓滿答案,而是「小孩子,別多事!」的苛責。這一嚇,已經夠阻遏力量。有些時候,不是家長不想答,只是不懂答;或工作太忙,下班回家,氣也透不過來,孩子還來纏身問三問四的,一下子按捺不住脾氣,結實給他們一頓罵。如此下來像盆冷水,什麼好奇烈火都熄卻了。本來,還有機會重燃這智慧之

火，只要進學校後，老師肯下點工夫，事情就好辦了。我想，當教師的都了解自己的責任重大，但有時，總拗不過一些人為的阻障；例如繁多的課程得趕着完成，上下午班交替間，連想留下來跟學生好好談談的機會也沒有，要解答學生疑問，就不禁力不從心了。當然，也有部分教師是畏懼學生發問，怕自己不能解答，失去「尊嚴」，便先下手為強，誰發問便誰先當災。釘子碰多了，儘管有一肚子疑問，就讓它憋住死掉。

耐得住成長以來的重重打擊，還肯不斷要求解答疑難的學生，不是沒有，但畢竟不會太多。生疑能力憋住死掉，產生的影響可就嚴重了，慢慢他們養成一種對任何事情——跟自己有關的、沒關的，都愛理不理，或者根本不理的態度。有時候，跟學生聊天，偶然問起他們一些很切身，似乎不應不懂的問題，答案竟然是「唔知呀！」而最可怕的卻是：在「不知道」之後，竟不曾想想去尋求「知」。「不知道」得如此心安理得，「不求知」到了如斯順其自然，知識和思維都會閉塞了，那跟無知的人沒有多大分別。年紀一天天大了，生理成長，心智卻因閉塞而「發育不良」。於是他們便帶着不辨是非、不求甚解的特色，進入成人世界，過着無知無覺，或人云亦云的「好市民」生活。

也許，的確有人希望我們的下一代，乖乖過着對什麼事情都「唔知呀」的生活，但當教師的，一定不應讓這種不幸假借我們的行動出現。青年人的好奇心，是求知的引線。重燃此火，是我們應有的責任。

一九七七年七月一日

「憑不厭乎求索」的……

有時候，我會感到很寂寞！別誤會，不是十七歲，或者七十歲的那種寂寞，而是——站在課室裡，講文學作品時，感到的一股冷寂。

不過是幾年前的事罷了！只要在課室裡，說到文學，那怕是一首詩、一闋詞，待講得沉醉當兒，一瞥間，總接到從不同座位上發出來的共鳴信息，是閃閃眼神的光輝，毫無保留地投射過來，師生便一起融和在詩詞境界裡。記得清楚：那有艷陽的早晨，一陣風來，吹得木棉絮漫天飄飛，師生都呆住了，凝睇着那從未見過的奇景。然後，當目光由窗外轉回來，幾乎同時，大家脫口說：「未若柳絮因風起」。也記取：講李後主詞，我不逐字逐句解說，就整闋詞化成李後主內心獨白，說罷了，學生站起來分析作品，是多麼的透徹。當然，不會忘掉，師生合力搞完全沒有競爭成份的朗誦會，

碧彰唸揚州慢最神似，少萍唱李後主詞最有韻味，燕玲唱昭君出塞最感人。溫暖來自學生一個眼神、一句笑語裡，真不會冷寂。還有，學生看課外書多，一本本讀書報告，寫來不為了交功課，而是要跟我討論，甚至爭論某作品的好壞。課堂上，說起來，更會七嘴八舌，成熟的、稚嫩的，有什麼關係呢？他們看過，他們敢說。真不會冷寂。

日子飛快過去，那滿是電波的魔術箱——電視機，近乎強橫地入侵了我們的生活。據說，我們已經進入「電視的一代」了。人們不再從抽象的文字，吸取知識；不必運用想像，實際景象和粗疏語言，可以交代一切；甚至，人們不再從父母、朋友的接觸中，學習感情交流，人際相處。一天幾小時，好好歹歹對着個十來二十吋的電波箱子，不知不覺吸收另一種「營養」，慢慢變成「電視人」——冷媒介催生出來的人類。我常常希望這不是真的，杜魯福《烈火》的預言不要應驗。雖然，杜魯福安慰我們，燒書禁書之後，還有許多死心不息的「書人」，但想想，當人們都不再看文學作品的時候，「書人」是多麼寂寞！

我想，電視有它的好處，但它並不等於一切，有些東西，例如人的交往，較高層次的精神領域拓展、思維方法的訓練、文學韻致的聯想……恐怕都不能光坐在電視機前得到。看書，也不等於一切，但卻是與「人」，心接心的交往方法。那些人，可能是兩千年前，滿懷悲苦的屈原，可能是今天，在天涯一角的留學生，我們都可以通過文字，認識、了解他們。文學作品會有些意想不到

的溝通作用。

現在，沒有人燒書禁書，但為什麼，提起文學時，我竟在課室中，如斯的寂寞？年輕人的感情該最易觸動，為什麼在文學領域裡，他們會這樣退卻？

最近，課堂上，隱約地我又再看到那閃閃的眼神光輝了。盼望它們會愈來愈顯明，那是我三年來，不厭求索的閃閃光輝。

一九七七年五月十五日

心不要倦

一位老師如此說：「執教三年，樂少苦多，作為一個中文教師，我驕傲過、自卑過，就以此詩慰解我已倦的心。」這是多麼令人觸動的心聲！

在香港，這個奇特的地方，無數中國人生活在一起，滿街是中文字、中文合法化、中文報刊多得使報攤主人頭痛，但卻湧着一股「自己人也不重視中文」的暗流，作為中文教師，委實有說不盡的「苦」況。加上，四千年文化，怎樣濃縮，也不容易在短短的中文課裡，灌注到每一個學生腦海去。還有，學生重視理科、有些中文理論脫離現實、教師擔任節數太多……等等困難，要衝破，再建立一個師生皆樂的授課程序，要用的力，要受的考驗，恐怕不是任何外人能了解的。

面對這些不易為別人了解的困境，誰都有倦過的時候，尤其是

初起步投入的人，愈努力、愈抱理想的，愈容易倦，因為想像和事實，有意想不到的距離。那怎麼辦？有些就此一倦不起了！

盪過韆鞦的人，總有下面這種經驗：初上踏板，雙手緊握繩子，雙腿用力一蹬，韆鞦總上得不高，繩子反會軟軟，板是晃動，叫人有顛顛危危的感覺。但只要純熟了，再多加一把勁，繩子便變得堅直，韆鞦便順暢地衝天，真有欲罷不能的感覺。三年，在教育行業來說，只不過初上踏板的階段，站不穩，上不高，該是個自然現象。現在面對的問題是：您要不要繼續？繼續，就得加把勁，一衝，難關便過去了。

那裡來這一把勁？相信自身對中國文化的尊重和愛念是主要力源。

尊重和愛，來自深入了解。所謂了解，不單只了解它含有的優點，同時，也應承認它的缺點。許多熱愛自己國族文化的人，往往因最初只看見優點，一旦發現缺點時，就會產生三種不同心態：一種是十分失望，好像有誤託終身的委屈，於是自卑自怨。另一種是無可奈何，但還是無法另尋對象，便只好淡然處之。還有一種是熱愛得緊，無論優劣，死硬的愛下去。這些心態，對推廣自己國族的文化，都沒有好處。尤其對已具五六千年歷史的中國文化，缺點很難避免，如果不了解和分辨，有些便成了重擔，不分好歹的肩負着，誰也吃不消。

在了解之後，我們會看到祖先的苦難，也承受他們智慧和經驗的成果，更觸感到他們血與汗的光輝。這時候，我們對學生傳授

的，不是會考課程，而是領着他們走上一條千萬祖先走過，以後中國人也得走的大路。路上可能仍有千山萬水，但祖先既能默默地一程接一程，我們也該昂首結隊走下去。我們不是「肩負孔子、手捧孟子」，而是跟億萬同胞結伴！淚可以流，血可以淌，但心不要倦！

苦與樂的定義，是由我們決定；苦與樂的量多少，也由我們自取。當發現自己並不孤單，當看見學生眼中閃耀着共鳴的光芒，苦，再不算是什麼一回事。

加把勁吧！讓我們昂首前進！

謹以此文，獻給已倦、未倦、不倦和可能參加中文教學行列的中文教師！

一九七八年十月一日

教師是會「死」的

在教學觀摩週的一個小組座談會裡，我學懂了一點道理：中文科教師必須練就一身好本領，專門對付編選得不夠好的中文教材。

一個有代表地位的人用鋼鐵般聲音說：「……何況，教師是活的，應該知道怎樣處理教材的毛病……」這是多麼正確的道理！只是，有一個更正確的道理他沒說出來，那就是：教師也會「死」的。先讓我在此算算令中文科教師「死」的帳。每個中文科教師要負責三班到四班的中文課，（這裡不談四班以上的不合人道情況。）每週平均上課三十到三十五節。算每班隔週作文一次，以四十人一班計算，要改的作文卷就不少。此外，週記、改寫、譯作、撮要、課外閱讀報告，每週讀報小評，再加上默書，書法練習，不定期或定期的測驗卷，還有兼教的歷史科或其他科目的學生習作，單是以上各種習作的本子堆起來，就足夠掩埋一個活人，叫他不見

天日。但這不是他全部的工作量，我們不必說那些免不了要擔當的班主任，課外活動等工作了，只說備課吧！要好好設計一節課，要學生感興趣和得益，備課就不是坐下來看看課文有沒有生字生詞，做點大綱、問題、筆記那麼簡單了，所用的時間也無法計算。

一天有多少小時？一個人有多少精力？面對這樣的工作量，還要「活」起來對付本來可以編選得好，但因種種問題而出了毛病的教材，那真是談何容易？

「工欲善其事，必先利其器」，這是個很顯淺的道理。給辛勤樵夫一把破斧，然後說：「你是活的，該懂得怎樣用這斧。」不是太乖謬了嗎？

教師不是不想「活」，但也會「死」的。是誰令他們「死」，就值得想想了。

一九八一年五月二日

死與不死

「整天盤算着自己有多少工作要做，還喊生要死的，這是典型的懶人表現，你在鼓吹些什麼？」朋友大不以然的瞪着我說。大概他看了〈教師是會死的〉一文，認為話說得太絕，失去積極意義；又怕惹人誤會，以為中文科教師埋怨工作過多，有躲懶的嫌疑。

其實，我說的「死」，是體力精神應付不來的「死」，並不是指「責任心」的「死」──正因他們心不死，才會出現體力精神的不支，懶人不必盤算工作多少，反正多也好少也好，統統可以應付過去。有些胡混了事，有些索性不做，上司管得再嚴，還是有方法蒙混過關。以為多加工作量，多訂規則，就可對付懶人，那未免把問題看得太簡單了。這樣做，懶人總不慌不忙，卻只害苦了盡責的人。懶人不負責任，甚至失去職業尊嚴，多少工作對他們並沒有影響。盡責的人就不同了，適量工作，他們認真做；過量工

作，他們還是認真對待，工作多得不合理，又要拚命做完和做得好，其苦可知。

教育界裡，跟其他行業一般，的確難免也有些懶人，但默默盡力的敬業者也不少，多少年來，他們肩負日益沉重的擔子，面對只有這個社會才產生的困難——中國人有意或無意間，忽視甚至鄙視中文，仍然盡心盡力，這種精神就證明他們的「心」不死。對於盡責的人，我們當不忍要他們心力交瘁。

教師是會「死」的，不是向盡責的教師潑冷水，不是為懶人找藉口，只是提出一點事實，盼望負有專責的人就是暫時沒法子減輕他們的工作量，也千萬不要過於相信：「教師是活的，他們可以……」而要他們百上加斤。

一九八一年五月九日

懷舊十題

引子

懷舊，不該是一股潮流！

懷舊之情，永遠藏在我們生命裡！

多少過去了的人、事、物，無論好的壞的，對的錯的，美的醜的，都是人的生活一部分，跟我們樂過憂過。

不是時刻纏在回憶裡，但偶爾，在某一瞬間，會無由地泛起幾乎在記憶中湮沒了的一個名字、一節情景、一種滋味、一段對話，或者一件完全無關重要的舊事。清晰得如在目前，可是再仔細追查下去，它們又會變得朦朦朧朧，彷彿像夢的碎片，叫人無法捕捉得住。

在忽忽的步伐中，只有回顧，才看得清楚自己走過多少路，留下多少笑和淚。

現在，懷舊潮來，但願它帶着「不忘故舊」的溫厚感情，回看為我們今天鋪路的昔日一切。又或者，不必計較什麼成敗得失，不把事情看得那麼嚴肅，只在忽忙的今天生活中，稍作溫馨的回望，就讓我寫下懷舊十題。

籐書篋

我們小學生，全都用籐書篋，沒有誰的比別人的好看，因為籐書篋全都一個樣子。

篋子用幼籐編成，一行行很有層次的花紋，有點像古老大屋的瓦簷。邊緣骨架要硬挺一些，會用上竹篾，其他如連住蓋子和篋身的扣環，都是籐編。閂住扣環的橫條枝，又開又拴的，活動多了，比較容易斷掉，我們就會找來一枝竹筷子，把左右兩邊的扣環一起閂住。

籐，很夠韌力，用上好幾年，也不見全破掉。往往是哥哥升中學，買個新的，舊的那個就留給弟妹。據說經了「人氣」，籐色變得油黃發亮，便愈韌愈滑，那才好用；做弟妹的也真的相信了這個說法，毫無異議地拿了舊篋子上學去。偶然有些結口鬆了，籐條甩出來往外豎，家裡總有人懂得修補，拿另一條籐或繩子，把結口紮緊。如果弄不好，就得千萬小心，別碰上時髦女士，免鈎破人家名

貴的「玻璃絲襪」，惹來一頓罵。

籐書篋很輕很好，只有一個毛病，下雨天，水會滲進裡面，弄濕了書簿，就很麻煩。

一九八○年五月十五日

工人褲

小學時，校服本來是藍布裙子，忘了打從什麼時候開始，校方准許我們改穿工人褲。反正那些日子，白襯衣、藍工人褲的中小學生，滿街都是。

工人褲很耐穿。縫製時，家長通常吩咐裁縫師傅把褲子造得寬些，兩條吊帶長些，褲管比該有的長度多一兩寸，再把多出來的往內摺。人長高了，就先把吊帶上的鈕扣逐寸往下移，到了不能再移，才把褲管摺起部分放下。這樣，一條褲子可讓天天高的小伙子穿上好幾年。只有長胖了，就不大好應付，因為褲子總不能太闊。最初，要在近腰的兩旁加上套帶扣子，扣上可把褲子收窄。等人胖了，把扣子鬆開便成。可是，再胖些，就沒法子，只好縫新的了。這倒叫人開心，因為要等好幾年，才有新褲子呢！我卻很「不幸」，幾年也不高不胖，母親又把褲子裁得過份闊，於是我身上總像掛了個大藍布袋。

工人褲，穿起來頂舒服，只有肩膊不夠寬的人，會碰上一點點麻煩，由於帶子的鈕扣往下移，就顯得愈來愈長，很易從肩上滑下

來，時刻要忙不迭把它拉回肩上去。

木屐

買木屐，是宗大事，因為那是母親唯一讓我自己挑選的東西。

平時，在家裡穿皮拖鞋，説不上什麼款式，只有木屐才多顏色。

灣仔道上，有兩三家木屐店。牆上一排排木架，架上一雙雙木屐，通常只掛女裝的，花紅花綠的，十分耀眼。男裝沒花樣，全是木色大板屐，掛起來也沒看頭。店裡櫃檯很結實，顧客講好木屐，老闆或伙計便依腳型大小，在櫃檯上，用釘子把木屐皮帶釘好，釘得又快又準。

木屐設計很奇怪，支着底部的地方分前後兩部分。前部不近屐頭，穿不慣，整個人重心會落向屐頭，走起路來就會一瘸一瘸的；穿慣了，當然不成問題。想來，木屐並不那麼好，我懷念的只是買木屐的日子。

一九八〇年五月二十七日

沙示

雖然，那時候，安樂汽水廠還沒關門，我趕得上喝安樂橙汁汽水的日子，但父親愛喝屈臣氏沙示，逛街倦了，總會買一瓶，父女

倆分着喝。

喝沙示要技巧，也得小心。

瓶蓋一打開，汽泡就往上衝，要趕快把瓶子傾斜一點點，汽泡才不會帶着水沖出來。倒進杯子裡，泡泡浮了一層，在深褐色的汽水上面，很熱烈的樣子。這時，立刻呷一口，呷到的只是似有似無的水泡，有些泡泡破了，水點還會濺到臉上；其餘不破的又會附在唇上，一圈微白，父親説大人豪放地喝啤酒時就是這個模樣。又是大人，又是豪放，真有意思。以後，喝沙示，我一定搶先呷這第一口，讓泡泡附在唇上，也就覺得很「豪放」！

喝沙示不能太急，嗆着了不是好玩的。喝下去，水往下吞，氣卻在食道裡朝上湧，一陣壓迫感升自胸口。要等一會兒，「嗝——」，氣，已衝過許多阻隔，變得輕快地由嘴裡冒出來，就是「嗝——」的長長一聲，人立刻感到「壓迫」消散，十分舒服。

製造了「壓迫」感，然後又等它消散，這大概就是喝沙示的樂趣。

白糖糕

母親不大准我吃零食，只准在下午四點鐘左右，吃一點糕餅——陳意齋的薏米餅、雲片糕，或者街頭叫賣的白糖糕。三樣糕餅都是甜的、純白色的。我倒比較愛吃白糖糕，理由不在那種好吃些，而是白糖糕多了一種「樂趣」。

夏天的下午，長街又熱又寂靜，三四點鐘，人就很睏。不遲不早，街上響起清朗的叫賣聲：「白──糖──糕。──白糖──凌──教──糕。」聲音拖得很長，只有「糕」字卻收得很急。這叫聲叫動了許多孩子的心。我們知道那賣糕的會在那間店舖門前停住，放下可撐開的木腳架，把頂着白糖糕的籐箕安在上面。我們知道他會停多少時間，我們會想辦法「提醒」母親賣糕的來了。母親不一定答應，但只要她一點頭，我便可飛奔到街上去，一角錢一塊閃着白光的糕，就在手上，又熱又睏的日子，很易過去了。

一九八○年六月四日

紫檀家具

紫檀家具，很沉實，很莊重，適宜放在大廳裡。

家裡大廳中央，擺着一張圓桌四張圓凳。桌面嵌了一大塊雲石──細看像幅雲水蒼茫的中國畫。桌子和凳子的腳都向內彎成弧度，紫檀的黑亮光澤，就因那些弧度變得更顯眼。左邊貼近牆邊，放了兩把高靠背的椅子，兩張椅子之間放一張茶几。靠背上發亮的紫檀板刻着植物浮雕。右邊貼牆放了一張又大又高的紫檀「炕床」，由於沒有花紋，加上坐的人多，挨挨磨磨的，木更漆亮得閃光。這也是我的床。夏天，臥在紫檀床上很涼快，只是硬一點，輾轉反側之際，骨頭敲得床板咯咯作響。

父親認為家具蒙了塵就不好看，每天要打掃三次，每星期還得

上蠟打磨一番，這些工作都全落在我身上。星期六下午，我會很用心的把所有紫檀家具上了蠟，然後慢慢把它們擦得閃亮。看到家具的光澤，心裡就很高興。大概正為了這種快樂，我從沒把上蠟工作當成苦差；對那些工具，又多了一點點難以形容的感情。

籐椅

籐椅，很輕很柔，給人一種閒適，像度假的感覺，適宜放在露台或騎樓上。

家裡騎樓，放着兩張大籐椅。歷史悠久，這從它深黃顏色和因久經「人氣」的潤澤，可以證明。也因用得久了，坐的部分受力多，變得凹下去，小孩子坐，就像藏在小竹籮裡。把手和椅腳的籐也鬆脫了，家人找來新籐，重新纏紮，由於顏色比舊籐淺得多，我們便叫它們作「四蹄踏雪」。

坐紫檀椅，姿態要四平八穩；坐籐椅，倒可十分隨便，通常可以盤坐在裡面。有時，又可半臥半睡，把腿擱在另一張椅子上，舒服得很。

漫長的暑假，我就多坐在籐椅上看書，睡懶覺。有時候什麼也不做，坐在椅上，搖搖擺擺，聽籐椅發出吱嘎吱嘎的聲音，就過一天。

一九八〇年六月十日

廣播節目

　　假如說，現代的小孩子有一個充滿電視節目的童年，那我該有一個充滿廣播故事的童年。

　　那時候，香港電台的廣播時間短，內容又欠娛樂性，我們都不要收聽。家裡有座古老收音機，父親用竹竿在天台上裝了天線，於是可收聽廣州電台。上午十點多鐘開始就可聽南音，在瞽師口中，我聽完了整套《東周列國》、《背解紅羅》、《楊家將》、《鍾無艷》。中午時分，我聽李我的天空小說；或鄧寄塵一人扮演五六個角色的諧劇。晚上又可聽「大戲」，什麼《梁武帝出家》、《情僧偷到瀟湘館》，旺台的戲，倒可一連聽十次八次現場轉播，只可惜，我從不知道最後兩幕的情節，因為母親不准我遲睡。

　　再過些日子，有了「麗的呼聲」，香港電台的節目也豐富了，做聽眾的有點應接不暇；母親也開始「管制」，不讓我不分日夜的聽廣播。節目內容的多樣化，自然不能跟今天相比，但那是個很踏實的年代，講故事的人老老實實地講，聽眾也老老實實地聽，就這樣子，我們已經很滿足了。陳弓講《水滸傳》，葉慈航講《三國演義》，還講它跟正史的分別，教我們讀正字音。方榮講來講去還沒完的《濟公傳》、《七俠五義》，總不忘說說做人道理，最後例加幾句：「因果裡頭有句話……」。除了這些古老東西，在廣播節目裡，我們也可聽到《日出》、《雷雨》、《家》、《南歸》。滔滔講《蝦球傳》，讓我第一次知道過了獅子山，可以回到中國去。——

原來祖國那麼近，小孩子心裡很興奮。以後還有鍾偉明講《林世榮》、《方世玉》，儘管武俠小說，或多或少仍少不了「忍辱負重」、「鋤強扶弱」、「忠奸分明」的教訓。

也許，這些早給人遺忘的空中聲音，實在比不上今天紅極一時的廣播員那麼「活潑」、「夠勁」、「隨便」（或「親切」），但我仍感到他們有不可磨滅的光輝。感謝他們的自覺和自尊，使我並不後悔自己有一個充滿廣播故事的童年。

一九八〇年六月二十日

街景

沒有電視節目可看的童年，我們看街景。

其實，也不見得有什麼好看，冷冷清清的一段軒尼詩道，店舖沉沉實實的幾家。對街就有三家中藥店，其餘是雜貨店、裁縫店、麵包店、米店、都做街坊買賣，招牌掛上不知多少年代，又不作興賣廣告，誰好誰壞街坊心裡有數。

只有對戶一家怪魚酒家，有點新鮮興味。為什麼叫怪魚酒家，孩子誰也沒有問過。店外一堵大牆上，是幅海底奇景圖。每年歲暮收爐前，就有油漆匠在上面繪新的一幅。無論畫面怎樣不同，但例少不了一條美人魚和一個潛水銅人。看人家繪這牆畫，是這條街上孩子的大節目之一。我們會熱心猜想：今年的美人魚的姿態會怎樣子，旁邊又會有多少條怪魚。鮮明的漆油迎着新年，看得人很開

心。我們會天天看這畫，一直到它在不知不覺的風雨侵剝中褪了顏色，一年就差不多過去了。

晚上，酒家燦爛的燈火，在沉寂的長街上，顯得充滿誇張的歡愉。設宴人家還會請來粵曲班助興。入席前，多會燒一串很長的爆竹。儘管我們不喜歡燒爆竹，因為在很靜的晚上，實在太吵了，火藥味又嗆得人辛苦，但我們依舊會熱心地看。憑爆竹的長度，可以猜測擺宴人家有多體面。爆竹燒過後，濃煙未散，野孩子在滿一地爆竹衣堆裡，搶拾未燒過的小爆竹，使夜間街頭充滿刺激。

白天，街景也並不流動。但每隔一段日子，總有些異常的「熱鬧」，那是出殯的行列經過。孩子心中沒有死亡的悲哀，不過仍知道看那種「熱鬧」就不該笑，我們默默看一對藍字白燈籠，看中西樂隊不整齊的步伐，藏着棺材的大花塔，白幃帳裡，要人攙扶的披麻帶孝的死者親人，跟在後頭的送殯行列。我們默默聽嗩吶刺耳的長號，洋樂隊大鼓一下又一下，震動由耳膜傳到心裡。孝幃裡偶有個人呼天搶地的哭聲過後，看熱鬧的人散去，長街又回復老樣子——不流動。

一九八〇年六月二十七日

炭 和 柴

童年，在廚房裡流了不少淚！

不要誤會，那不是小丫頭廚房自歎的故事，只因為燒的是炭

和柴。

炭和柴，剛開始燃燒，火還未盛時，煙最濃。特別是柴不夠乾，要燒起來，真不容易。首先，得講把柴或炭架起來的工夫。爐子底的灰不能多，先要清理一下；然後找來舊報紙，鬆鬆一團作助燃。上面堆架的柴和炭，既要中間空隙多又要架得穩。先放幼枝再雜粗枝，這樣燃點起來，火會愈來愈旺。炭爐更要加把勁搧一搧風；用扇子，要考腕力，搧得過分，只揚起爐底的灰，對火，完全沒有作用。通常，我們不用扇子。廚房裡多備一管中空的、尺把長的竹筒，這就叫「火筒」。把「火筒」一頭放在爐裡，人在另一頭使勁吹，就可以助長火勢。

架柴搧風技巧好，也並不表示可以避免濃煙，還得看柴質好不好，夠不夠乾。遇上不好的柴，滿廚房是煙，什麼「炊煙四起」，實在沒有詩意，只嗆得人一把眼淚。造飯時刻，幾個爐子同時燃起，人在廚房裡的滋味，恐怕用煤氣、石油氣、火水的「現代人」不容易感受了。

用柴還有一個步驟要預先做好的，那是「破柴」。較廉價的柴都是粗粗一段一段。柴店裡的人把一擔柴送來，我們就把它堆放在近廚房的走廊上，柴太粗，不好燒，必須先破開，大約是一破為四，就最適用。家裡有兩把柴刀，又重又大的一把給大人用，專管破有節的大柴；又輕又小的一把給我用，專破幼柴枝或把大人已破開的柴再破得幼些。

工夫到家的人，破柴的姿態很「瀟灑」；一手把柴放在墊木

上，一手揮刀，凌空對準柴枝一砍而下，柴枝就應刀一分為二。我從沒膽量這樣做，總乖乖的把刀按在柴枝上，連刀連柴提起來，重重再放回墊木上，通常要兩三下才能把柴破開。

柴破好了，再很有層次的堆疊起來，那天的任務也完成了，就很有成功感，我不怕破柴，只怕一不小心給刺刺傷。雖然，那算不了什麼「傷」，只要請母親用針把刺剔出來，塗點紅汞就好，但刺在肉裡時，很不好受。

一九八〇年七月七日

舊和新

懷舊浪潮似乎有點一發不可收拾了！平常跟什麼潮流扯不上關係的人，這回也難「倖免」。

說起來，掀起巨浪的，恐怕該是一連串的電視懷舊劇集。它簡直像魔術棒，翻動了人腦海中沉澱已久的記憶。人，本來就藏着許多念舊「本質」，經它一翻，自然止也止不住，全給抖出來了。

給這次浪潮波及的人真多，先說說經歷過「舊」的一輩。平日生活步伐急得很，沒誰能有餘閒回頭細顧；就是偶爾觸動了絲絲「想當年」的思緒，也不易找到機緣暢快地抒發。今回不同了，電視節目一播，似真還假的當年事物，一宗一件擺在眼前，不由不泛起無數追憶。從人家提起「高夫力」、「鴨都拿」，相信自有人禁不住想起：「玉葉」、「老刀」、「三炮台」……那些香煙牌子。想得一個名字，記起包裝的樣子，竟像老朋友久別重逢那麼快樂。

記不起，卻又隱隱約約有點印象，必會苦苦思索，那種感覺很難受——玩捉迷藏，捉不住最後一個躲藏者時的感覺——那人分明就在附近，卻又偏偏找不着。追想下去，會愈想愈遠，由香煙想到紙捲熟煙，再想到水煙筒，自然難免想起點火用的紙條和吹紙條生火的特殊技巧；跟着就想起抽水煙筒的親人了。瓜蔓般的追想，使本已朦朧的許多人和事，忽然像鏡頭對準了焦距似的，全清晰起來。驀然回首的滋味，是有點溫馨，又帶點蒼涼。懷舊，迷人的地方，可就在這裡。

沒經歷過「舊」的人又怎樣？潮流沒有來到之前，「舊」只是「老土」的代名詞，其實許多人並不知道「舊」究竟包含了些什麼。這回趕上潮流，多少經驗、知識以外的事物，惹起了懷疑和好奇，這樣就變成一種新趣了。年青人聽見一句「乜傢伙」，很新鮮，自會追問還有什麼「從前的話」。要上發條的掛鐘和留聲機、巨型的收音機，在他們眼中都成了別具風格的「新」東西。而中區僅存的煤氣街燈，引起的舊話：「想當年呀，……杜老誌道海旁有座石碼頭，紐約戲院本來是間木廠，……銅鑼灣高士威道的一邊本是避風塘，……」說的沉醉在舊日風光裡，聽的倒是半信半疑在聽一個全新故事，也自有追查的樂趣。

一個看的是「燈火闌珊處」，一個卻在「望盡天涯路」，兩種完全不相同的感情，忽然在同一時刻交匯了。懷舊，迷人的地方，也就在這裡。

一九八〇年五月二十七日

看出整個春天來

　　每個早上，稍有點陽光，我就對自己說：「花開得那麼好，風吹得那麼柔，人都換上薄薄春衫，該找個空閒時間，到郊外去散散步，舒散一下才好。」這樣說着，過了一天又一天。

　　然後，我總趕忙趁車回學校去。經過高速公路，海底隧道，架空天橋，獅子山隧道。

　　然後，我到達從前只有一年一度全校遠足才去的地方。這已經是另外一個城市了，難怪那天早上，車子困在不斷的車流中，我偶然抬起頭來往窗外望，看見三隻耕牛悠閒躺在公路邊曬太陽，就驚叫起來，像看到什麼意外事件似的，把坐在旁邊的人嚇得一跳。畢竟，三隻耕牛的背景是幾十層高的大廈，足夠令人驚叫，很不相稱的配搭，有點荒謬的意味。

　　然後，我進了辦公室——這不是間辦公室，其實是間很好的小

房間，在裡面可以工作，看書、談天，展開一天的工作。有許多時間，我不在這小室裡，因為要到課室裡去上課。然後，……我對自己說：「該找個空閒時間，到郊外去散散步……。」

然後，有一天，我沿小路到課室去上課。

大概早上吹過一陣大風，紫荊和杜鵑的花，落了一地。兩隻高髻冠在烏桕枝上叫得價天響。

路旁雜草濃茂，發散着草香。胖得肚子貼在地面的麻雀像在趕一場墟集，我腳步輕，沒驚散牠們。

看小甲蟲在樹幹上勉力爬行，看給葉叢剪碎的藍天，在路上停停走走，不過十分鐘罷了，我竟看出整個春天來。

於是，我學懂了一個道理：在工作程序排得緊密的生活裡，渴求享受整一天的輕鬆，既不容易；那何妨讓自己就爭取每天十分鐘的悠閒。

一九八二年四月十八日

掘文墓者言

近十年，我有意無意間做了一個「發掘文墓和揭開文墓」的人。

錢鍾書在《寫在人生邊上》和《人獸鬼》兩書的重印序裡，給專門翻出湮沒了很久文章的人，加了「發掘文墓和揭開文墓」者的名堂，看文章的上文下理，這名號不見得有什麼稱許的意思。

許多作家的作品，都先刊在報紙或雜誌上，過一段日子才收集起來成書出版。這些書，有些經作家自選，有些經編者挑選，選者總有不同喜好，沒收入集的文章，後人就不易讀到。幾十年來，流離和動亂，也使無數刊過的作品忽然埋沒了，從此在人們的記憶中消失。

這種情況十分普遍，對作家對作品來說，都該屬「不幸」。

雖然，有些作家不願把某幾篇文章收進集子裡，以便保持風格

完整，或不想以少作示人，但這畢竟是作家寫作生命的全部，欠缺了總是一種損失。這些消失了的文章，就埋在世上不同的「文墓」裡——圖書館裡浩如煙海的報紙雜誌，得等待有人去發掘。

我不知道這樣子「掘」，會不會引起作家的不快，但在我自己，卻是興味愈來愈濃。從塵封發黃的紙堆裡，翻出一篇名家不為人所知的作品，那「眼前一亮」的快樂，那「唯我獨得」的成功感，恐怕只有同道的人才能理解。

如果有人說這不過是另一種「虛榮心」，我也只好承認了。

多少年來，坐在故紙堆前，細心一頁一頁翻閱，有時連續翻了五六天竟一無所獲。擦了幾回倦眼，舒了幾次因久坐而痠痛的筋骨，仍舊坐下來，繼續工作，那種惘然疲憊而又不肯言休的堅持，恐怕也只有同道的人才能理解。

如果有人說我是個掘文墓的人，我承認了，只希望對任何人沒有傷害。

一九八三年十二月二十日

迷糊

陳年舊報，是一個時光倒流的世界！

在裡面，按年按月按日，一切事件、人物，椿椿件件，什麼伏線，起因、經過、結果、影響，都可飛快在眼前重現一次。我沉醉在舊報的世界裡，假如只為了懷舊，那就不會那麼驚心動魄了。

有些事件，是那麼舊，但竟又那麼新，看住那些文字，時空忽然錯亂了，一九四八和一九八四，是現在？是過去？人迷糊起來，彷彿醉眼紛花。

一九四八年甘地遇刺身亡，一九八四年甘地夫人遇刺身亡，報上頭條標題，文字和安放的位置，都幾乎一樣。

〈港督發表論文，述香港目前地位，其遭遇與中國切切相關，光明前途在奮鬥中建立。〉這是什麼時候的報紙標題？是：一九三九年一月。〈論中英關係與香港的前途〉、〈香港用不着驚惶〉，

這是什麼年代的報紙社論？是一九四九年五月。多少次，我推開報紙，走到人群中，看看活生生的現實世界，擦擦眼睛，再回去仔細看看舊報上的日子，好像個夢還未完全醒透的人。

歷史教訓？

歷史重演是常規，人名、地點不同，情況卻沒多大分別。

那麼，前一次的事件成了歷史後，留下什麼教訓？我擦擦眼睛，去看一九八四年的報紙。

但，我還像個未完全醒透的人。

看透歷史，熟讀歷史的人，相信很冷漠很麻木，否則，怎經得起這種半醒半醉的感覺？我不是個看透歷史的人，卻常常出入一個時光倒流的世界。

於是，常常驚心動魄，常常迷糊。

一九八四年十一月二十八日

活出個樣來

　　所以我覺得一國兩制之後，香港人應該自己有一個志氣，就是香港的中國人還要活得那麼好，否則大家都活得一樣，大陸人就沒個比較、追求的機會了。國內的情形就是這樣，鄰居活得好了，我也得活成那個樣。如果全世界所有的華人都在當地自己活出個樣來，給那些活不出個樣來的一個追求的榜樣，對整個華人血統的中國人反而好。

　　以上一段文字，是第二百期《九十年代》，「社會，文化，知識分子的承擔」座談會紀錄鍾阿城的話。「活出個樣來」，好像無甚高論，但卻比許多高論來得實際。小民百姓需要的是活得好，那裡會人人懂得什麼主義什麼理論。他們心裡總明白，那一個政策讓他們活得好，就是一個好政策。連起碼應有的生活條件都解決不了，

還說什麼現代化？我們到過國內旅行或辦事的就曉得，許多中國人真是連現代人應有的生活條件是什麼都不知道，世代積年累月活在活得不像個樣的環境裡，由於沒有比較，他們也無從追求活得更好，於是心安理得，理所當然的活下去。這樣子，中國就難改進。所以，要中國改進，上層有遠見有新理論，當然重要，但小民百姓知道自己活得不像樣，有機會看見像樣生活而思追求，也很重要。不必說這種想法層次太低，中國有句古老話：「衣食足則知榮辱」，「知榮辱」就是有比較，求進步的表現。阿城說上一次來港，他們大夥兒上街一邊採購，一邊罵：「他媽的香港人也是中國人血統，怎麼他們這兒就玩得這麼轉？所以國內人來香港都是忙着採購，沒聽說幹別的事。」罵就讓他們罵罷，等他們知道：原來中國人應該這樣子活的，然後回去要求，先由低層次生活條件改善，到政制、人權、自由，科技的層次，中國就會好起來了！

一九八六年九月十六日

沒有歷史感的城市

香港，是一個沒有歷史感的城市！

香港人，「被教導」成為沒有歷史感的市民。「被教導」，是一個生硬而我不喜歡用的詞語，但事實卻非用這詞不可。為了證明上述的說法，必須說一點歷史根源。

香港的歷史，對英國人來說，是一種忌諱——通常犯忌的都由於不光彩。舉例說明：許地山在一九四一年三月，為《時報週刊》寫了一篇〈香港史地探略〉，該文第一部分是「香港割讓經過」，刊出的時候，就給香港政府檢查留問，整段抽起。如果嫌一九四一年距今太遠，不妨說說我唸中學的時代，也就是五十年代末期，中國歷史科，例不必讀鴉片戰爭。如果五十年代還嫌太遠，就說說現在吧！中學中國歷史，據說為了方便教與讀，分成甲乙丙組，丙組是近代部分。又據說許多教師認為丙組太繁太多，施教不易，學生

也認為十分難記，應付考試吃力，通常「情願」不選考丙組。於是，香港中學生是在十分情願狀態下，不唸中國近代史。巧妙的策略就在這裡，不是英國殖民地政府——教育政策不讓你們中國人不唸中國近代史，而是，你們自己「情願」不選修中國近代史——我看見過中四學生因不必選讀「中史」而雀躍萬分，也見過中史老師力爭放棄丙組的激動神情。這樣，大家情願，十分好辦。香港人，在非常「合理」情況下，不唸中國近代史，當然也不必知道香港歷史了。

生活在「借來的地方」的人，不必問前因，就漸漸「被教導」成為沒有歷史感，只會拚命向前衝的群體，這對於殖民地的統治者來說，實在是非常適意的事。而對於香港人，又好像長久以來，沒有什麼不妥當。

既然，香港的由來，對英國人來說並不光彩，而香港人不知道歷史，不問根源，就更方便統治，沒有一本香港史，遂成了順理成章的事。香港發展的步伐快，香港人忘記前事也更易。遙遠的故事，我們不必追問了，試去問問現在的中學生，什麼是「五月風暴」、什麼是「中文法定運動」、什麼是「保釣運動」、什麼是「反貪污、捉葛柏運動」……這一連串距今不遠的香港歷史，看看十來二十歲的香港人有什麼反應，我們自當明白：「香港是一個沒有歷史感的城市」的意義。

自五六月以來，這種「欠缺」忽然給人察覺了，年青香港人於一夜之間，察覺了中國的存在、香港的存在，他們要追問，追問那

些前塵往事，追問自己和那些事情的關係。這是一個大好時機——衝破這「沒有歷史感」的缺口，真是付出很大代價，我們必須珍惜！

以後的日子，怎樣保存歷史，怎樣讓青年一輩了解歷史、汲取歷史的教訓，怎樣評價歷史，都是非常急切而重要的課題。沒有歷史感的人，最大的特徵是三分鐘熱度。如果我們不掌握這難得的時機，循着已經衝開的缺口，不斷累積深化，日子流逝，一切有血有淚的教訓，一切今天驚心動魄的事蹟，很快很快，就會變成一個個簡略而模糊的名詞，甚至，連名詞也不留下，對後一輩人來說，就像什麼都沒發生過。

創造歷史是艱難的，保存公允的歷史是艱難的，了解認識歷史是艱難的，從歷史中汲取教訓而不重蹈覆轍是艱難的，一切舉步艱難，特別對一個長久以來沒有歷史感的城市來說，我們必須付出更大代價——歷史告訴我們：我們已別無選擇！

一九八九年七月廿六日

粵語片啟示錄

之一：法律模式

　　許多同輩人都說：我們是看粵語片長大的，無論倫理關係、價值取向，以至人生觀，或多或少受了粵語片的感染而不自知。最近重看了許多粵語片——都是從前看過的，自母親去世後，父親只有一種娛樂，就是看粵語片，父女倆凡粵語片必看。無可否認，我的許多知識、心態，甚至「智慧」，都來自粵語片。現在重看，印象猶新，但得到許多啟示，且待我一一道來。

　　粵語片古裝的法律模式：少數人意願。

　　這話怎樣講？皇帝、好官、壞官一律都是少數人，都講私情，講裙帶關係，講家族串連。天子登殿也好，三司會審也好，八省巡

案微服出巡也好，包公扮鬼靠嚇逼供也好，一切法律都不重要，最要緊的是驚堂木一拍，好人壞人公有公理婆有婆理，給機會大講一頓，再按劇情需要——通常好人吃虧在先，一聲令下，打他八十大板，昏死過去，便收押天牢。就在此際，天子、好官、壞官，自有個人主觀判斷，或者再加師爺集團，擠眉弄眼，在大人耳邊喃喃，便成定罪藍本。等到明天再審，幾乎大局已定，甚至推出午門或刑場，劊子手手起刀快落的刹那，自有人良心發現，或目擊證人出現，三言兩語，天子、好官、壞官腦袋靈光一閃，便可一言平反了。不但平反，為了補償，天子總大封好人家族，有時連小姐丫鬟的終身大事，也插手包辦，一干人等，歡天喜地，謝主隆恩，而壞人又難逃一死，或發配邊疆，劇終再會。一劇到底，法律只不過是打板子、坐牢、斬首等幾項。天子、好官、壞官、師爺集團，有時還加個由垂簾聽政忽然大發雌威走出公堂大殿的東宮西宮皇太后或大官夫人，憑個人意願，就成了法律執行者，來來去去，一切由幾個人定奪，模式就是那麼簡單。

之二：敘事手法

粵語片敘事說話模式：劇終前最快速。

敘事形式本來有多種，倒敘、插敘、直敘等等，粵語片多用直敘法，偶然用上倒敘，也得依靠鬆濛畫面引入。敘事詳略，有個公式，在劇終前十五分鐘之前，由於還有許多時間，劇情發展必須細

緻緩慢，同一件事，阿甲講了，阿乙還要再講一遍，旁人又得插嘴講，並加評述。生人要講，重病垂危者也須喘完一口氣又一口氣把事情交代清楚，然後把頭一歪，才能死去。有時更要鬼魂顯靈托夢之類，又講一番。觀眾乖乖，全部入腦，明白事件真相，但由於時間尚早，只有主角還不能知道，或含冤受屈者就硬是不肯對主角直言不隱，於是，永遠大特寫，女主角眼中一滴淚，流呀流的，還流不到腮邊，淒然地一字一頓說：「我做舞女，係有苦衷嘅，但係我唔講得俾你聽，第日你自然會明白，我係為你好嘅！」累得觀眾咬牙切齒，恨不得走上銀幕為她伸冤。雖然，中途敘事也有簡潔時候，鏡頭映出流水落花，或枝頭花開花落，字幕打出「十八年後」，主角便長大了或老去，但通常這只是過場交代，並無重要事故發生，不是敘事重點，我們不必理會，觀眾是注定等待「有事發生」時刻的。直到臨完場十五或五分鐘，正是劇力萬鈞、劇情急轉直下的時刻，就在此時，人人說話都變得簡潔有力，一言兩語，撮要功夫到家，而主角忽然又變得領悟力特強，壞人也惡根性大崩潰，良心大湧現，「係我錯，係我唔啱，係我對你唔住，你原諒我啦！」一切冤情委屈全面清洗，雨過天青，大快人心。

這種敘事模式，有個好處，前面拖長，拚命拖，拖得觀眾有些不耐煩，然後把高潮快刀斬亂麻，突然推出，觀眾心頭一鬆，「呀！戲終於做完咯！」總算了一件事！

之三：觀眾身份

粵語片對觀眾的定位模式：最明白事情真相，卻又最無能為力的旁觀者，最聰明但又是最蠢的受虐待者。

牽涉到自己是觀眾一分子，情意結相當複雜，有時很難冷靜地觀察，但我還努力嘗試自我分析一番。

根據粵語片敘事手法，觀眾很難不是最明白真相的人，雖然有些編劇會故弄玄虛，窗紗掩映，女主角人鬼難分，黑袍揮動，來去無蹤，觀眾總該了解編劇不會導人迷信，主角一定是人。加上白燕、南紅、嘉玲、陳寶珠、蕭芳芳、張活游、吳楚帆、胡楓、謝賢、呂奇一定不會是壞人——如果是壞人，一定是孖生姊妹、兄弟，或者壞人化妝頂替。如果看到陶三姑、劉克宣、周志誠、馮應湘、林妹妹，任他們怎樣笑面迎人、甜言蜜語，也不會相信他們幹出好事來。這樣一來，觀眾變得最明白事理。但眼看着主角們有理說不清，中間又有奸人挑撥教唆，穿了唐裝衫褲，不扣衫鈕、戴歪氈帽、嘴角吊住一根香煙的壞人手下，刀仔手槍的威脅，主角永遠該逃的時機不逃，永遠繞着茶几沙發跌跌又撞撞，觀眾就不由不又急又氣，巴不得上前說個明白，或者獻計解難，可是，一急之下，方才醒覺，自己不過是個旁觀者，萬事急不來，無能為力莫過於此。

至於最聰明，已可從上文引申解釋得到答案。最蠢的受虐待者，可分兩層意義看。第一層，是編劇導演認定觀眾是最蠢的，一

件事非要再三說明不可，有時還要畫公仔畫出腸，才能令觀眾大叫「哦！原來如此。」另一層則與人無尤，是觀眾甘心情願買票入場，送上門來受乾急虐待，不是最蠢，又是什麼？一旦成為觀眾，命中註定，給編劇導演「玩死」！別無選擇。

之四：教育定向

粵語片對觀眾的教育模式：忠奸分明，惡有惡報，善有善報，到頭終有報。

通過角色的定型，忠奸分明是必然結果。陶三姑偶然飾演好心包租婆，未到劇終，觀眾仍然放心不下。白燕忽然變得狠心下毒，散場之後，觀眾可能心心不忿。忠奸如此分明，有兩個好處：第一，觀眾不必費神分辨，不必疑神疑鬼，比起近年流行的「最好的朋友，就是最狠的敵人」那種人性多樣多層化，令人安心得多。小孩子入場，先問大人劇中人「係忠嘅抑或奸嘅」，就可決定自己站在那一方。第二，從小教育，我們堅信世事有絕對分野，成為了立身處世的道德標準，小孩子沒有人肯扮石堅。沿着這種觀念發展，善惡到頭終有報，也是必然的定律。有了這終極盼望，人們就具備高度忍苦能力，為的是深信苦盡甘來。萬一不幸甘還未來便離開人世，也不用害怕，因為可借屍還魂，或者雙雙化蝶成仙，飛舞花間，輕蹈彩虹，天上人間，團圓結局。至於惡人嘛，當然難逃懲罰。

這種教育自有它的優點，教得觀眾堅持做好人原則，溫柔敦厚，努力等待「報」的來臨。但，近十多年，社會人性均有極大變化，忠與奸往往集於一身——據說這才是合理的、立體的人性。人物時忠時奸，累得深受粵語片教育的人無所適從，難於判斷，心也無處安放。至於「到頭終有報」的信念，本來也動搖了，幸而有壽西斯古的下場，現身說法，話都有咁快，這才叫粵語片觀眾重新獲得信心，繼續活下去，因為有了盼望！

一九九〇年三月廿六日

啟示的啟示

朋友看了幾篇粵語片啟示錄，很不滿意，認為我存心開玩笑，對粵語片大不敬。

我說：不！我不會忘恩負義，對教導我學懂許多道理的粵語片不敬。相反，我愈來愈覺得粵語片包涵了無數可說歷久常真的道理——它反映了中華民族、傳統文化的特質，保留了溫厚單純的人間情味，給人精神安撫，我慶幸自己的童年能看到這樣好的「世界」！有些道理，到今天仍深信不疑。

粵語片有它笨拙的地方，有它不合電影章法的缺點，但它重複又重複傳遞出來的信息，卻是一個時代、一種人生觀的寫照，甚至是一種價值觀的執着！偶然，在電影院裡，聽到年輕一輩對粵語片的某些情節——我們一輩可能十分動情的片段，發出不以為然的笑聲時，我們實在很傷心。這傷心，並不表示我們保守固執，而是我

們明白一個時代畢竟過去，但許多粵語片反映的特質卻仍然存在，只是，年輕一輩竟沒有察覺，沒有從中汲取教訓，深作反省。

前幾篇文字，下筆是浮滑了點，不像我一向作風。是的，近來世事，實在有點滑稽，滑稽得不似常理，細心推敲，發現並不新鮮，粵語片早已暗藏玄機。如果説開玩笑，不無道理，只是對象絕非粵語片。既然如此，大不敬就大不敬，我承認了，插科打諢，自有另一番姿態。

寫到這裡，忽然失笑起來，深受粵語教育又有例證，劇終前，深恐讀者（觀眾）不明，得畫公仔畫出腸，自我解説清楚，只差沒有説：這個故事是如此如此。本文為粵語片啟示錄的終結篇，謹此向永恒的粵語片致敬，向老去的粵語片觀眾致敬，也希望下一代用深層角度來省視粵語片，以便獲得更多啟發。

一九九○年三月二十七日

師道包裝

　　世界急劇變化，新人類在新時代生活，無論思想行為，都不能再與上一代比較。例如民主自由、人權觀念，在我唸中小學的時候，根本可以說一無所知。因此，現在看起來，我們接受的教育，特別我所念念不忘的嚴師教授方式，實在違反現代教育方針，也不符合民主精神。

　　我當了教師以後，最初十多年，教學態度幾乎努力跡追嚴師路向，以為這叫薪火相傳。結果是學生的確極「乖」，可是，漸漸我明白，他們的「乖」是因為「怕」，而不是因為「明白道理」。他們「聽話」而不是經過思維分辨的自主，有些心裡不服氣，表面仍恭順，這都不是教育應有的精神。慢慢，我知道我那一代的師徒關係，已經追不上時代，必須修正。

　　怎樣修正？修正多少？真費煞思量。我的老師所持的許多準

則、道理還是永恒的，但有些也因時移世易，不宜強從。更重要的是包裝問題。現代人講「包裝」，這觀念必須注意：好的舊準則，用舊包裝，人家覺得老套，用新包裝，就變成新潮，耍「包裝」就很傷腦筋，甚至有時為了「包裝」而忘了實際內容。於是我得用心了解學生所處的環境、社會風氣、新一代的愛好與思維方式，用他們的話講他們應聽的道理，用他們的愛好引導他們走上應走的道路。萬樣事先由他們角度去設想，盡量叫自己不與他們過於脫節，⋯⋯許多時間就用在這些事情上面。

面對大學生，雖然大可不必再考慮什麼「包裝」，但講授方法，仍得以學生為本，這是自己唸書時沒有過的概念，要收效，只好又再用心設計。

我既成了與新一代打交道的人，就要用新方法，但效果卻未見得好，每當反省，總覺無奈。也許，正因這樣，我念念不忘那些不講究包裝的嚴師。

一九九一年八月二日

故事

　　六十五歲的姊姊和六十六歲的表姊，坐在我家的客廳裡，童年往事、遠親近鄰的生老病死、幾個家庭滄海桑田、男男女女的愛恨恩怨……女性高調嗓門，充滿悲情無奈的語氣，縈繞了整整四個鐘頭。

　　我坐在她們中間。

　　幾十年沒見的親戚，談幾十年的人事，彷彿看一套套粵語長片，而當中，竟然有無數「我」的鏡頭。

　　在別人回憶裡，一個完全陌生的「我」，從剛出生，到搖搖晃晃學步，到姊姊帶着上小學一年級，到表姊教寫阿拉伯數目字，又朦朧又清楚，都到眼前來。聲音構成影像，虛實之間，斷斷續續，她們好像說着我的前生，又像說着別一個孩子成長的故事。

　　坐着聽長輩聊天，談舊聞往事的日子，對我這樣年紀的人來

說，稀有得很。她們撩撥了我沉寂已久的記憶系統，我努力搜索她們所說的前前後後，企圖重構失落已久的生命。可是，話題跳閃得太急，閃亂了我的心神。

「你從小就愛逛街，一到街上你就不哭，父親寵你，不准我做功課，要我背你上街。生骨大頭菜！」

「你不會寫阿拉伯數目八字，把兩個圓圈連在一起算數，給老師罰寫一百次，我好心細意教你，你邊哭邊寫，寫來寫去都不像，蠢到死！……」

一切本來難以忍受的評語，此刻變成親暱呼喚。蠢到死的生骨大頭菜！刻畫了一個無比幸福的童年肖像，這就是我嗎？這就是我。

仿如別人的故事，還能聽得幾多回？

忽然，我心一陣絞痛。

一九九二年十二月二十一日

背囊

　　在人口密集的香港，流行揹背囊，真是一件值得人思考的事情，特別值得我思考，因為：我矮。

　　最初，有點冷不提防，在人擠的地方，站在人群中間，突然給人家的背囊朝着頭臉橫掃，差點連眼鏡也摔掉。以後學乖了，總空着一隻手，提高萬二分警覺，凡遇揹背囊的人，又非站在他們附近不可，就會握拳伸掌，他們一有異動——轉身背向我，我就用拳用掌，先下手為強，推擋背囊。這樣幹，的確可避過橫掃頭臉之災，但卻弄得自己緊張得很。

　　背囊，是怎樣的一種盛器？

　　早在幾千年前，埃及人已經用上背囊，——在開羅博物館可以看到。中國人很早也用背囊——玄奘法師取西經就用大背囊。研究一下力學，肩背的承受力最強，又能空出兩手，幹更多的事，很好

用。但從前用背囊的人，大概都走郊野山路，就是走到城鎮，人不那麼多，前後不會擠滿人，怎麼轉身，也不會碰到別人。

其實，一個人揹着背囊站着，就等於佔了兩個人的空間。許多人都忘了這個佔空間的問題，現在的人，多是「顧前唔顧後」，背囊又沒有「感覺」，他們可以完全不負責任。

據說，用背囊背重物，對筋骨最少傷害，又能保持體型正常發展，空出兩手更方便更自由。至於在擠迫人群中，佔了過多空間，又或無意對矮人如我造成滋擾，卻非推銷背囊的商人，或背囊主人所關心的。

天下事，還有無數值得我們關心和思考的，我卻偏偏為這件事思前想後，只因對「顧前唔顧後」的背囊現象，深有所感。

一九九三年十二月二十二日

緊張地放鬆

一疊照片，最近拍的，友人交給我。

有些是在我不察覺的情況下拍，有些是一群人很刻意：「我們來合照」就呆呆站着坐着拍。

每張照片，幾乎無一「倖免」，我的雙手，擺了相同的姿勢：一手握拳，一手緊緊也握在握拳的手上。驟看起來，好像給人用繩子紮着，還有點掙扎的樣子。

真可笑！身體語言透露了什麼心理？

你緊張什麼？

緊張？有什麼好緊張的？又不是打靶行刑。瞿秋白行刑前的照片才瀟灑呢！雙腳擺成很悠然的姿態，雙手隨意得很，一臉從容，在小亭前那麼站着，是個風景前的旅人面貌。我嘛，不過去旅行，緊張什麼？

朋友説，放鬆、放鬆。

香功師傅説：放鬆：頭鬆、頸鬆、肩鬆、背鬆、腹鬆、腰鬆……

每當睡醒，總發現自己雙肩聳得很高，雙手握拳，沒有夢，倒似在夢中挑過重擔，或者打了一場架，疲累得很。記起人家説：放鬆，我就立刻舒一口氣：唉！強迫自己雙肩垂下，雙掌攤開。簡直荒謬，這樣認真緊張地放鬆！

於是，我想到自己的腦袋。

腦袋的組織很複雜，一團團腦膜包住的什麼大腦小腦，密密麻麻，擠擠擁擁。如果緊張起來，會是怎麼的一個樣子？

於是，我想到自己的心。

電視上「救心」廣告，一個個拳，一下放一下收，象徵了心的律動。收緊了的拳，心會怎樣？

看着握着拳的手，想起看不見的腦和心，嘩！好緊張！彷彿感到自己：紮埋一舊。

放鬆、放鬆，不要緊張，等一會兒，我們去喝下午茶、去米埔看鳥，去郊外看雲吓？

一九九五年一月二十八日

零食

不知道在什麼情況下，我留給舊學生一個愛吃零食的印象。舊學生大部分是指我教中學時的學生，他們來看望我，總帶上一大堆零食。

統計一下，農曆新年，我收到的零食：花生八斤、糖果餅食——不是拜年應酬式的例牌貨，都是精美名牌，十多種，各式涼果、蝦片、薯片——堆滿儲物櫃，黃梅天氣令我發愁，怕它們變壞了，十分可惜。

哎，說實話，我也的確愛吃零食，又是家學淵源。父親愛吃花生、鹹酸涼果。母親去世後，沒有人管束，父女倆晚飯後，坐在廳裡，聽收音機、放唱片，一個晚上可吃一斤花生、興亞陳皮梅、嘉應子一大堆。父親吃零食，很廣東式，特別愛吃國民戲院門外一檔：酸菜、酸沙梨、酸木瓜、酸薑蕎頭、酸油甘子、酸梨子。看戲

前必然買一大袋，還未開映，已經吃光。

曾克耑老師也愛吃零食，過年時的全盒最多彩多姿，是北方式，瓜子種類多，棗沙糕，各式涼果，這叫雜拌兒。

現在，零食的種類跟從前很不一樣。或者舊式零食有些早已「失傳」，例如酸沙梨、酸木瓜。又或者製作方式用料改變，味道改得很怪，例如陳皮梅嘉應子，帶着化學酸味，令人舌頭發痛。什麼蝦條、薯片，油炸的多，味精一大把，沒有什麼個性，吃多會膩。

又也許，我的胃口改變了，心情改變了，只有回憶裡的零食的滋味最堪記取，包括一個無所事事的漫長夏日午後，左鄰右里在大廳開扯的晚上。花生衣飄飄忽忽自人們指間散落，涼果紙沙沙揉作一團……

一九九五年三月二十六日

下午茶

下午茶，為什麼我總惦念着喝下午茶的時光？

下午茶，對我來說，不是一種實質的飲食，而是一種忙碌工作後的安慰，一個忽然閃出的時空隙縫，幾個談得來甚至談不來的熟朋友半生不熟朋友初見乍識的朋友、老學生甚至坐下來不習慣只瞪着茶杯發呆的新學生等等，在閒靜幽雅的小咖啡店、人來人往大酒店附設的咖啡室，沒有準備任何話題就坐下來，坐一兩個鐘頭。最初可能有點凌亂，有一句沒一句地閒聊，言不及義又何妨？慢慢就會瀰漫着一股情味，懶散中帶了凝靜。

一杯上好紅茶加純滑忌廉奶油——我愛聞咖啡，不愛喝咖啡，因此對座有人喝咖啡，作嗅覺背景音樂最妙。一塊厚而不膩的芝士蛋糕，那下午茶就極度豐盛。當然，沒有也不成問題，一杯茶，幾塊餅乾，攤坐在舒服適體的椅子上，偶然把目光移向窗外，看

路人走過，聽隔了一層的市聲或鳥鳴，腦袋一無所求，這也算是並不理虧的下午茶。

七十年代正當火紅的日子，有一個學生知道我愛下午茶，就來批判說：「你是資產階級。」我只問了她兩句話：「三行工友是什麼階級？」「勞動工人階級。」「那麼他們三點三飲下午茶，你怎麼批？」她沒話說。

自己努力工作，自己賺了點錢，用自己的錢安慰一下自己，並沒有剝削別人，那有什麼不對？也許，那真是小資產階級的心態，因為只有城市人稍有餘錢的人才能享受下午茶，我曾這樣反省過。但當我到過福建、四川，看到小農家也在忙碌縫隙，擺開茶具，蹲在地上或安坐竹椅上聊天，我就明白，一個合理的民生，應該在苦幹之後，仍可以不受干預地、適度地享受一下，那沒有什麼不對的。

一九九五年三月十七日

還是説下午茶

飲下午茶，我算是家學淵源。

母親是個中國傳統女性，可是，只有一個飲下午茶——必飲洋式下午茶的習慣，就很不中國式。

她很節儉，我們家境也不富裕，但一個月裡，同朋友同父親帶着我去飲下午茶，總有兩三次，而且都很講究咖啡店的情調。

她同談得來的朋友，多會去灣仔天樂里的「北極」。那是家老灣仔都記得的咖啡店，全店面積不大，以深藍色為主調，綴以冰山及企鵝作牆飾。幽雅而寧靜。同父親多會去中環的「聰明人餐室」或香港大酒店地下的咖啡店，偶然也去思豪酒店，給我印象最深的還是香港大酒店。那兒有極大落地玻璃，白紗掩映，樓底極高，大梳化圍着小玻璃茶几，對小孩子的我來說，一切都過分的大，只有小茶几太小。我坐在梳化上，只佔三分之一佔置，又永遠腳不到

地，離開小几又遠，很不舒服。母親喜歡要一壺熱鮮奶，一壺紅茶，混和來喝，不用酒店供應的伴茶牛奶。要一客公司三文治，那時候的公司三文治，疊着三塊麵包、各種配料，超過一吋厚。想想小孩子又要保持儀態，張大嘴巴來吃一口比嘴巴大的三文治的狼狽相，我理解我對那裡印象深刻的原因了。

母親去世後，父親仍保留飲下午茶的習慣，但不再去香港大酒店或聰明人了，往往是逛到那裡就隨便選一家咖啡店坐坐。如果在家，附近的太平館、金城戲院旁的一家由上海人開的小咖啡店，都是他常去光顧的。父親比母親更寵我，小學六年級時，他已讓我帶同一群同學去飲下午茶，特別金城旁的小店，店主熟了，可以簽單結帳，父親去的時候才付款。七毫子一杯奶茶，三毫子一瓶綠寶可樂、五毫子一客多士，一切豐儉由人，那是很遙遠的飲下午茶日子。

一九九五年三月二十二日

書店與夢

　　愛書人沒有一個不愛逛書店。

　　但書店的品格很重要，也決定了愛書人與它的緣淺緣深。品格，這個詞，用得有點不尋常，得解釋一下。其實也很簡單，人有人格，店有店格。店的品格，有些人認為可以從店面裝潢、書種書品、店主店長店員表現等等形成的外觀感覺得到。

　　我常問去台灣逛書店的朋友，誠品書店有什麼令他們着迷？「舒服。」他們幾乎異口同聲這樣說。怎樣舒服法？難道香港沒有舒服的書店嗎？沒有人好好回答我。

　　偶然有人會反問說：「你遇過舒服的書店嗎？且說說看。」

　　我立刻神思飛馳，眾裡尋它。

　　單就香港一地說，幾十年逛書店經驗，記憶中，沒有太大驚喜和十分舒服的印象。有人諒解說：香港地少租貴，書店難有氣派。

提到氣派，就跟品格差不多，那與地方大小無干。每年舉行的書展也夠大了，氣派不能說沒有，但那是商業氣派，格局佈置，與家庭禮品展、電腦用品展沒多大分別。愛書人身在其中，就是不舒服。有些書店也盡力做到明淨安然，但奇怪的就欠了一種讀書人想要的味道。

讀別人寫逛書店、冷攤，特別是舊書店，真令我神往。北京琉璃廠，在老一輩文人筆下，它是個太遙遠的神話。七十年代末，初訪琉璃廠，那些老店，剛經文化劫災，滿着愁苦滄桑，但仍散發着沉厚的書卷味。可惜往後的日子，商業生意主導，變得俗氣逼人了。

上海文廟星期天的地攤，雜亂骯髒，倒有點廠甸風貌，據說早上五點鐘開市，我八點鐘進去，已見淘得好書的人笑盈盈走出廟門。攤前人群埋頭翻書，攤主也不大理會顧客，偶然討價還價，卻不緊張。很久沒去逛了，最近聽說，地方管理人員認為生意有可為，決定進文廟要收費。逛冷攤要收入場券，真煞風景。

有朋友以為我怕人多擠迫，所以不愛香港書展。其實不對，人多而興味相同，再擠些也不可怕。日本許多一年一度的書展，特別是擺在大百貨公司頂層裡的舊書展，人流之密，簡直寸步難移。大百貨公司，夠商業化了罷？奇怪的是整個場所完全沒有商業味，擺攤售書人細意向翻書人介紹版本，淘書人埋首尋珍。每一隻挪移在書本上的手，都是斯文溫柔的。

書店的品格，不在輝煌裝修，當然，設有深色、由上而下略向

外傾斜的木書架，並有咖啡茶坊、舒適座位，那會令入店人愜意。但愛書人更重視的是書種的選取、售書人的懂書程度。一個有識見的書店老闆、一個懂書的店員，對書店的品格影響極大。

現在許多大書店的老闆只管行政，只關心銷售情況，就算懂書，也無暇理會書種，交給下屬處理，未見得人人擔當得起。小書店老闆坐鎮店中，書來書往，瞭然於心。愛書人進店，閒話兩句，早有了人的交流。偶爾購入好書，又記得顧客口味，捧出來推介，就生貼心感覺。懂書的店員也可讓人客入店不隔。可惜，太多售書人只把賣書當成謀生工作，毫不投入，甚至根本不懂書，那怎能與人書交流？

香港也有過一些有品格的書店，店主多本是愛書人，設書店既想以文會友，又可滿足坐擁書城的樂趣。可是，撐得很苦，畢竟，這是個講求經濟效益的社會，書香品格，太難求了。看着他們興高采烈地開店，意興闌珊地關門，都嘆夢圓夢碎。

曾經也有一個夢：退休後，找個小地方開店，屋簷低矮，舊書滿架，坐在角落，獨自看書，等待愛書人來，沏杯清茶，可聊則聊一陣，談的是書，不關人事。愛靜的也由他，各自翻書。

夢，儘管做，這是與書有關的甜夢。

二〇〇三年七月十九日

舊衣冠

那駙馬盔、金鳳冠，那兩套金線繡紅袍、襦裙，好幾次隔着晶瑩玻璃展櫃遠觀過，也好幾次近在眼前用手觸過。

已經是三十八年前的舊物了！當年它們在舞台給名角穿戴上，泛光燈照，我未有任何感覺。台上歌舞流動，聲色耀人耳目，它們顯然被我忽略了。

三十八年後，後輩薪火相傳，讓粵劇《帝女花》經典重現，主事人為戲服重新籌謀，赴北京蘇杭，以求針線巧匠。演出之夜，於是滿台金縷瓊瑤，十分耀眼。

誰料，真是誰料，恐怕觀眾無法預料，最後兩場〈上表〉與〈香夭〉，徒兒會穿戴舊衣冠，重現師傅風神。一台新服，儘管曾如此光耀玲瓏，霎時間，就給兩套舊衣冠比下去。

北京老工匠曾輕撫這舊衣冠，滿眼殷羨之情，頻說「巧物巧

物，精品精品」，又帶無限惋傷，頻說「如今無如此好物料，無如此細工巧手」，並歉意說「多少錢也造不成，只能造得形似」。面對舊衣冠，他誠實而有愧色。

該不該重新披戴？與全台新服同時現身，歲月滄桑會不會令它們黯然失色？可經得起現代燈光的燦爛否？這都令人頗費思量。

霎時間，一台新服就正因耀目而給比下去了！

老工匠說無好物料，乃指金縷線與紅緞。舊時金線，細軟光沉，繡成圖樣，輪廓自然光粹，燦然卻不含賊光爍目。舊日綢緞，柔淨貼體，質輕如霧，披掛在身，曲肖其形，揮袂挑袍之間，輝光流照，盡態極妍。老工匠說無細工巧手，乃指針線細密的十指春風。陳丁佩《繡譜》說繡工講求：齊、光、直、勻、薄、順、密，缺一不可。我細看舊衣冠，果然「齊則界限分明，齊則精神爽朗。」「光與齊相因，絲絲櫛比，不使一毫出入。」「直始能平，平如春水，覺精彩之自生。直如朱弦，惟緩急之咸適。」「不勻則不直，不直則不光。勻是在粗細適均，疏密相稱。」「薄則倍覺熨貼，觀之高出紈素之上，捫之則復相平。」「一絲不順，則氣脈全乖。……由漸而轉，自然成片。」「總在一字之細，細則能薄，亦惟細始能密耳。」這等精妙，求諸今日，簡直異想天開。

且放眼細量，台上紅袍翻飛，金圖挪動，方信「裁縫則萬壑縈體，針縷則千巖映目」，果然舊時風華，醉人心目。

坐在台下，我驚訝自己當年的疏漏，我讚歎老醇沈潛之色，原

來如斯耐人尋味。

舊日衣冠，令我心神俱醉。

二〇〇七年一月

小思和《一生承教》

（代後記）

舒非

本書收小思散文89篇，分為三輯：〈承教小記〉、〈這樣日本〉和〈舊時衣冠〉。書名《一生承教》，其實是小思的肺腑心聲，也是她一生的終極目標。這裡除了從老師那裡獲得的「言傳身教」外，也包括從日本、從平常得來的種種「體會感悟」，當然，還包含她自己對「教育」的深刻理解與細密思考。

小思自身的「承教」經驗和心得，在已故黃繼持教授的〈試談小思——以《承教小記》為主〉已經闡述得非常精闢，我看再沒有人能夠寫得更好了。

小思對日本的感情比較複雜，既愛日本的文化，又恨日本軍國主義。這種愛恨交織的情感，在讀〈這樣日本〉時真是感受真切。小思筆下的日本風物或日本文化都富有詩意，像〈櫻與劍〉〈「大文字燒」〉和〈京都短歌〉就像一首首幽靜雅致的散文詩。且看〈櫻與劍·櫻〉——

紛紛自落，沒有別的花落得如櫻。她美，卻又如斯短暫，無

聲飄落得有點冷不提防。花開花落，本屬尋常，但把櫻當作友誼象徵，那畢竟叫人難息牽掛。

在這裡，小思還婉轉指出：把易逝的櫻花當作「友誼象徵」是不太合適的。

〈櫻與劍‧劍〉講的是正宗村正師徒倆比試劍的「斬切感」。「把兩把劍橫放在河中，刀刃朝着上流，迎住隨水而來的落葉。」

結果，「碰到村正劍的落葉，都給斬斷了，但正宗的劍卻使落葉避開，繼續向下流漂去」。真是富有詩意的日本畫面。小思說：劍到最高層次，是富人情味的，「已該超越斬切的範圍。」

與愛相反，小思對日本軍國主義的恨寫得很具體。〈想起一個日本人〉講的是小思和同學在京都過「祇園祭」，看日本花車（即「鉾」）巡遊。有一日本老人對中國學生特別禮遇，買了票招待他們到鉾上去觀賞，還邀請到他家去玩。在看舊照時，小思無意中發現這帶着和煦笑容的老人原來去過瀋陽，在中國東北當過醫學教授，這時的小思再也忍不住了⋯⋯

更加具體譴責的文章還有〈石原是誰〉〈石原的話〉〈劍已在腰〉〈人家的忠靈〉和「靖國神社」諸篇。

最後一輯〈舊時衣冠〉，回到小思最愛的香港這個「家」，在情深的「懷舊」中敘述平常日子的零碎瑣事——偷得浮生一刻閒的〈下午茶〉〈還是說下午茶〉〈零食〉；談對港人影響至深的〈粵語片

啟示錄〉；〈故事〉〈背囊〉〈緊張地放鬆〉有令人莞爾的幽默感，〈懷舊十題〉〈書店與夢〉〈舊衣冠〉告訴我們小思的款款眷戀——吉光片羽，使我們回到舊時香港。

在寫這篇難產的「編後記」時，我一直想到幾件小事——

有一天，我們不知怎地談到林文月。小思說她到日本跟隨平岡武夫教授，恰恰是林文月離開，她去接替。然後講起林文月的美麗。小思說第一次見林文月是在中大聽林文月演講：「她穿了件短袖旗袍，戴一圈翡翠手鐲，那美貌和風度實在迷人，我都聽不見她講什麼了。」說年輕時林文月美麗的大有其人，但我沒有見過一位女士這樣由衷地讚美一位跟她同代的女子。我不由想到：個子小小的小思，有着跟她身高不成比例的胸襟。

很巧合，在編輯《一生承教》期間，我們竟然有「機緣」一起去敦煌旅行。十多年來，我們連一起飲咖啡的「機緣」都沒有，一下子，變成「朝夕相處」。近距離的小思真是跟遠距離很有不同。小思不再是印象之中的「嚴師」。她實在很親切，很體貼別人。老是聽她在提醒比她年輕的「團友」，這裡有個「坑」，那邊有個「級」，要當心！

尤其記得在天下第一關「玉門關」前面拍照。小思柱着一枝手杖。我說：「把拐杖拿掉吧？」小思說：「不用，我就是要告訴別人我已經老了！」

最後要說的兩件小事倒真是跟這本書有關連的——黃繼持的文章雖然寫得很好，但不是全面肯定，也說到小思的不足。我問小思：「用來做『代序』合適嗎？」小思說：「沒有問題！」另外一件是這篇「代後記」，小思希望由我來寫，我誠惶誠恐，說：「那我試試吧，如能寫得出就讓您看看能不能用？」小思說：「可以的，不必看了！」

如此信任一個學生晚輩，也真是讓我「承教」了。

二〇〇七年八月